KB104232

내 몸은 내가
접수한다

내 몸은 내가 접수한다

초판 1쇄 인쇄 | 2022년 9월 7일
초판 1쇄 발행 | 2022년 9월 20일

지은이 김화숙
책임편집 손성실
편집 조성우
디자인 권월화
일러스트 신병근
펴낸곳 생각비행
등록일 2010년 3월 29일 | 등록번호 제2010-000092호
주소 서울시 마포구 월드컵북로 132, 402호
전화 02) 3141-0485
팩스 02) 3141-0486
이메일 ideas0419@hanmail.net
블로그 www.ideas0419.com

ISBN 979-11-89576-98-1 03810

내 몸은 내가 접수한다

김화숙 지음

자연치유로 B형 간염 간암을 극복하고
삶을 바꿔버린 여자 이야기

"몸은 말로 할 수 없는 말을 한다."

–마사 그레이엄(Martha Graham)

두 번씩이나 잃을 뻔했다

내가 가장 사랑하는 짝꿍 숙을 두 번씩이나 잃을 뻔했다. 처음에는 간암으로 두 번째는 이혼으로. 이 책은 그 일에 관한 기록이자 우리가 걸어온 새 길에 관한 이야기다.

간암이라는 말을 듣고 나는 온갖 시나리오와 최악의 경우까지 생각했다. 다행히 수술은 잘 끝났다. 하지만 그다음 그림이 그려지지 않아 불안하고 두려웠다. 어느 날 숙은 병원과 의사를 더는 신뢰할 수 없다며 자연치유를 결정했다. 이 책 내용은 모두 숙이 몸으로 만들고 경험한 치유 이야기다. 나는 그 모든 과정을 가장 가까이에서 지켜본 증인인 셈이다. 간염을 비롯한 간 질환을 가진 사람들, 아픈 사람들, 새 몸을 만들고 싶은 사람들, 그리고 자연치유로 건강한 삶을 살고 싶은 사람들에게 이 책을 추천한다.

날로 몸이 달라지는 숙을 보는 건 내게 큰 기쁨이었다. 숙은 건강해질수록 공부에 가지를 뻗어갔다. 나는 듣기 싫고 불편한 이야기를 들어야 했다. 이해해보려 해도 어렵고 답답하기만 했다. 다

툼이 잦아졌다. 평화롭던 집이 점점 낯설게 변해갔다. 어느 날 숙은 함께 페미니즘을 공부하며 새로운 관계로 살든지 아니면 이혼하자고 했다. 꿈에도 생각 안 해본 이혼이란 말은 내게 간암 이상의 충격이었다. 나는 선택의 여지가 없어 페미니즘 공부를 시작했다.

이전에 나는 자신이 가부장적인 남자라고 생각해본 적이 없다. 소문난 '잉꼬부부'로 우리를 롤모델 삼는 이들이 있을 정도였다면 설명이 될까. 지금 돌아보면 그건 가부장적인 이 사회에서 숙이 자기 목소리를 죽이고 자아를 부정하며 내게 맞춰준 결과였다. 숙이 만들어내는 안온한 가정에서, 나는 가장의 체면을 지키며 좋은 남편이요 좋은 아빠로 통했다.

페미니즘은 아름답게 보이는 그림 속에 감추어진 부조리를 보여주었다. 록산 게이의 《나쁜 페미니스트》를 시작으로 나는 스스로 책을 읽으며 토론 모임에도 참여했다. 불편해서 도망가고 싶을 때도 있었다. 내가 숙을 숨 막히게 한 걸 깨달을 땐 괴롭고 미안했다. 정희진의 《페미니즘의 도전》은 나 같은 사람을 '무지로 인해 보호받아 온 삶'이라고 정리해주었다. 부끄럽고 아팠다.

내겐 상처받을 용기도 필요했다. 나 역시 진짜 내 목소리와 내 모습을 숨기고 살았음을 인정하게 되었다. 남성 중심 사회가 요구하는 대로 강한 남자인 척하느라 짓눌리고 자유롭지 못한 나를 마주할 수 있었다. 우리 둘은 솔직한 자기 목소리를 내고 서로에게 귀를 기울였다. 그럴수록—뜻밖에도—우리는 서로에게 이전보다 더 친밀한 친구가 되어갔다.

올가을로 우리 결혼은 32주년이 된다. 페미니즘은 우리 관계뿐만 아니라 내 인생에 가장 큰 선물이었다. 그만큼 이 책에는 부끄러워 숨기고 싶은 내 이야기가 많다. 내가 결혼 이전, 20대 젊은 나이에 이걸 알았더라면 얼마나 좋았을까 싶을 정도다. 한데, 날것 그대로의 우리 이야기가 독자들에게는 읽는 재미를 줄 것이다. 젊은 여성과 남성 들에게, 그들의 부모 세대에게, 책이 새로운 상상력과 영감이 되고 새로운 파트너십의 길잡이도 될 것이다.

정하덕(숙의 39년 지기이자 짝꿍)

여성의 몸이란 무엇일까? 임신과 출산? 돈벌이 도구? 살기 위해 투쟁할 수밖에 없던 한 여성의 기록이 우리 사회와 가족을 둘러싼 현실을 투명하게 보여준다. 가부장제와 자본주의 사회에서 자신으로부터 소외된 몸과 마음을 어떻게 해방하는지, 그 과정을 보여줌으로써 모두에게 용기를 선사한다. 기존의 암 극복기들과 확연히 다른 책이다.

이현선(안산여성노동자회 회장)

감히 지엄한 의사의 처방을 거절하다니! 화숙은 몸과 마음이 최악인 상황에서 항바이러스제 처방을 거절했다. 나를 포함한 대부분의 사람들은 의사에게 맹목적으로 매달리지 않았을까? 자신의 판단을 믿고 그는 자연치유를 실천했고 가부장제의 모순을 타파해갔다. 그 과정이 곧 치유요, 해방과 연대였다. 생생한 체험기를 읽는 것만으로도 치유가 된다.

심용선((사)함께크는여성 울림 대표)

'배 밖으로 나간' 간을 찾아 두리번거리며 떠난 여행에서 자유와 해방을 만난 중년 여성의 이야기. 몸과 마음에 대한 유쾌하고도 끈질긴 추적을 따라가다 보면 작가가 만들어낸 혁명을 만나는 순간이 찾아온다. 여기저기 아프기 시작한 우리 엄마랑 같이 읽고 싶은 책.

이가현(페미니즘 창당 모임 공동대표)

오랜 시간 화숙 선생님과 지내오면서 타인에 대한 사심 없는 선의와 깊은 배려가 빛나는 분이라 생각했다. 힘들 때마다 가만가만 이야기하는 그 배려에 나는 참 따뜻해지곤 했다. 그런 그가 '어디로 튈지 모르는 여성'이 되었다. 그 안에 잠자고 있던 느티나무, 가재, 풀꽃 같은 생명력이 튀어나온 것이다. 조금은 거칠고 성기지만 넘치는 생명력으로 주위에 많은 싹을 틔우고 있다. 그 길이 선생님을 어디로 데려갈지 사뭇 궁금해진다.

김순천(르포작가)

코로나로 인해 병에 대해 고민하는 시대에 치유와 통찰을 주는 책이다. 사실, 여성들은 수다를 즐기지만 공적으로 자신의 의견을 표현하는 걸 힘들어한다. 내 경험에서 나온 고백이다. 이 책을 계기로 여성들의 이야기가 봇물처럼 터졌으면 좋겠다. 덕분에 나도 내 이야기를 쓰고 싶다는 용기가 일고 있다. 작가와 짝꿍의 케미에도 응원과 박수를 보낸다!

나정숙(전 안산시의원)

한마디로 이 책은, 타성에 젖은 의료인들에게 각성을 촉구하는 자연의학의 정수 그 자체다. 저자는 B형 간염 및 간암 환자로서 현대 의학의 한계를 온몸으로 경험한 후 발상의 대전환을 했다. 장삿속으로 소비되는 면역 개념이 아닌 오직 자연의학으로 혁신적인 치유 결과를 만들어냈다. 단식과 식이요법 등으로 잠자는 인체 면역을 깨울 수 있음을 설파한다. 기존 의학의 한계를 뼈저리게 느끼는 B형 간염 환자들에게는 단비 같은 희망을 던져준다.

의사인 나도 B형 간염 바이러스 보유자였음을 고백한다. 저자의 글을 읽고 2017년 5월에 두려움 없이 단식과 식이요법을 시도하여 B형 간염 바이러스가 제거되는 큰 기쁨을 맛보았다. 부디 이런 자연의학의 기법들이 변방으로 무시되지 않길 바란다. 어떻게 인체 면역이 활성화되는지, 근거와 원리를 찾는 이들에게 연구 대상이 되기를 간절히 빈다.

강병주(가정의학과 전문의)

몸이 이끄는 자연치유의 길

나는 좀 심한 길치다. 열 번 다닌 길도 수시로 낯설어지니 어쩔 도리가 없다. 낯선 곳으로 운전해야 할 땐 스트레스를 많이 받는다. 길 잘 아는 사람을 의지하며 아무 생각 없이 따라다니고 싶어 한다. 길 찾을 생각만으로도 머리가 아프니까.

그런 길치가 길을 만들었다면? 수없이 길을 잃다 보면 운 좋게 새 길을 만들기도 하는 게 길치의 삶이다. 살자니 그럴 수밖에 없다. 《와일드》의 작가 셰릴 스트레이드가 4285킬로미터를 완주하고 고백하지 않았나. "누구나 한 번은 길을 잃고 누구나 한 번은 길을 만든다"라고. 나 같은 길치에게도 해당하는 진실이었다. 나는 길을 잃었다가 삶의 새 길을 만들었다.

"내 몸은 내가 접수한다!"

그 결심의 순간은 뭐랄까, 갑자기 몰아치는 회오리바람 같이 왔다. 내 질문을 묵살하고 나를 함부로 대하는 의사 때문이었다. 평소라면 나는 의사에게 의지하고 고분고분했을 것이다. 나는 길치고 길을 아는 건 의사니까. 그런데 그날은 아니었다. 몸이 말했다. 심장이 너무 벌렁거려서 그를 더는 보고 싶지 않았다. 내가 내 몸의 의사가 되기로 결심했을 때 평화가 찾아왔다. 간암 수술 3개월 차였다.

돌아보면 살고 싶다는 의지와 갱년기 호르몬의 조화가 낳은 결과였다. 병원 시스템에 나를 맡길 수 없다는 깨달음이 몸을 관통했다. 몸은 말로 할 수 없는 말을 한다. 누구를 의지하고 누구에게 맡겨야 할지 몸은 안다. 믿을 수 없는 대상에게 나를 맡기다 철저히 약해진 상태가 병으로 나타났으니, 몸이 이끄는 대로 나는 자연치유의 길을 걸어갈 수밖에 없었다.

이 책은 브런치북 'B형 간염 간암 자연치유 일기'를 다듬고 새 글을 더해 묶은 것이다. 치유 기록으로서의 일기는 맛보기로만 넣고 내 몸과 마음의 변화를 오롯이 전하기 위해 다시 쓴 꼭지가 많다. 1~2장은 가족력이 있는 B형 간염 보유자가 간암 수술 후 병원의 표준치료 대신 자연치유를 선택한 이야기다. 3주 단식 후 B형 간염 항체가 생긴다. 여성의 목소리로 몸이 하는 이야기라 하겠다.

3장은 자연치유의 길에서 낯선 나를 만나는 이야기다. 나는 목마른 사슴처럼 스스로 공부하며 언어를 찾았다. 암과 자연치유는 갱년기를 타고 흘러 페미니즘이라는 강과 합류한다. 이제는 몸도 마음도 이전의 내가 아니다. 나와 주변이 달라지고 물살은 점점 거세게 흘러간다.

4장은 달라진 내 삶의 면면을 보여준다. 《오마이뉴스》와

브런치에 쓴 글에서 골랐다. 내 몸을 내가 접수한 후 몸과 마음이 더 자유롭고 강해졌다. 나와 세상 사이의 벽이 많이 허물어졌다. 개인적인 것이 곧 정치적인 것. 사랑하고 연대하며 새 길을 만드는 이야기라 하겠다.

간암 수술 후 어느새 해가 여덟 번 바뀌었다. 그동안 감기 한 번 안 걸리고 활기차게 살았다. 약과 병원을 잊고 암조차 잊을 때가 많았다. 작년 말엔 방역패스 때문에 받은 PCR 검사에서 코로나 확진을 받았으나 열흘간의 자가격리는 '무증상'으로 지나갔다. 나는 새로운 길을 만들어 호보당당(虎步堂堂) 걷는다. 새로운 길벗들을 만날 기대를 품는다.

우리 함께 새 길 만들며 걸을까요?

2022년 9월 안산에서

김화숙

차례

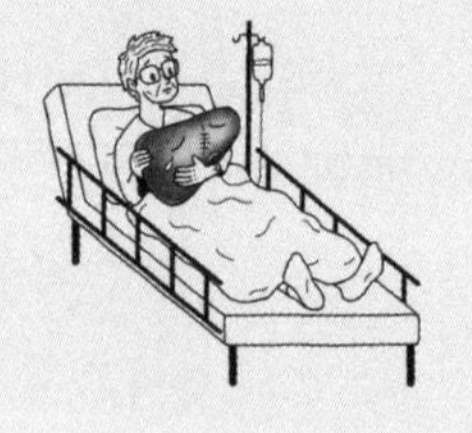

2장

세상은 넓고 길은 많더라

3장

치유는 갱년기를 타고

4장

해방, 사랑, 그리고 새 길

1장

어느 날
암이
나를 찾아왔다

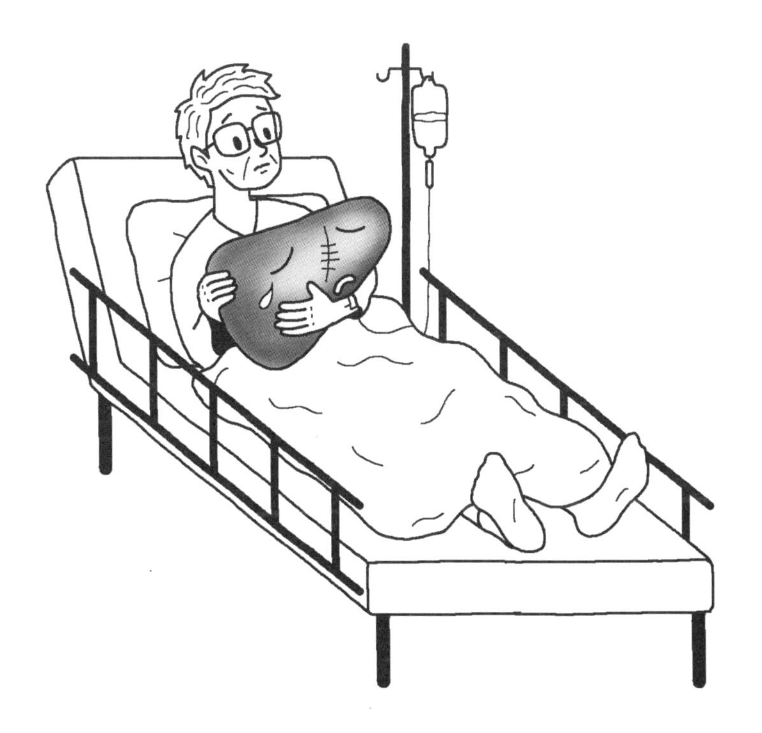

간에 종양이 보이네요

"오뉴월 손님은 호랑이보다 무섭다."

자칫 무거울 수 있는 암 이야기를 재미있는 속담으로 시작해본다. 옹색한 살림살이에 예고 없이 손님이 들이닥쳤다. 바쁘고 날씨까지 더운 오뉴월에 말이다. 환대야 하겠지만 호랑이보다 무서운 건 어쩔 수 없는 사실이다. 내게도 딱 그런 손님으로, 어느 날 암이 들이닥쳤다.

나는 재취업에 '성공한' 중년 아줌마였다. 평생 무급 돌봄노동으로 살던 인생이었다. 학교 때 전공은 일찌감치 엿 바꿔 먹었고, 평생 남 '섬기는' 일을 사명이자 본분으로 알고 살았다. 그런데 삶이 나를 배신했다. 나가서 돈을 벌어야 할 때가 온 것이다. 큰아이와 둘째는 초등학교 고학년이고 셋째가 어린이집에 다니던 때, 나는 월급 받는 사회복지사로 직장에 출근하게 되었다. 만 42세였다.

낮은 급여에 열악한 처우면 어떤가, 돈 받고 하는 일인데. 나는 성실한 봉사자처럼 일했다. 돌봄 대상자라면 노인이든 장애인이든 어떤 '진상 고객'이든 상관없이 미소와 인내로 대했다. 조직과 사람들에게 성실한 1급 사회복지사였으나 8년을 근속해도 150만 원 언저리만 받을 뿐이었다. 이쪽 사회의 부조리한 임금 체계에 뒤늦게 눈을 뜨고는 이직을 결정했다. 안산 인근 시 '통합사례관리사'로 일하며 2년간 전철로 통근했지만 통장엔 월 170만 원도 들어오지 않았다.

비정규직 계약 만료 통보를 받은 후 2014년 새해를 맞았다. 정규직 전환이 희망 고문이었음을 깨달았을 때 분노에 치를 떨었다. 하지만 이내 마음을 추스르고 11년 만에 맞이한 백수 생활을 즐기겠노라고 큰소리쳐보았다. 숨 좀 돌리고 푹 쉬는 게 진짜 바람이었다. 노안이 왔고, 어깨와 목덜미에 만성적인 통증이 있고, 허리까지 좋지 않았기 때문이다. 체육교육학과 진학을 준비하는 고2 막내에게 도시락을 싸주며 여유롭게 '좋은' 엄마 노릇도 좀 하고 싶었다.

출근하지 않으니 병원에 계신 친정아버지 문병을 다녀올 수 있었다. 휴학한 딸과 잠시 여행도 했다. 집 안 정리도 하고 영화도 보고 책도 보리라. 평일 낮에 분위기 좋은 데서 밥 먹고, 커피 마시고, 영화 보고 어울려 떠들고, 아무 데나 쏘다니리라. 건강검진도 받고 운동도 해야지…. 이처럼 하고 싶은 일의 목록은 길어지는데 시간은 내 편이 아닌 것 같았다.

3월에 구직 활동을 하며 실업급여를 받기 시작했는데 바로 면접 보자는 연락이 왔다. 아차! 조금만 더 쉬고 시작할걸, 후회해도 소용없는 일이었다. 50대 아줌마 구직자가 무슨 여유를 부릴 수 있단 말인가. 기간제로 시작하지만 '무기계약직'으로 전환되는 자리라는데. 면접 대기 시간은 길고 몸도 피곤했다. 그런 중에 언니한테서 문자가 왔다.

"아버지 위독하시다. 아무래도 돌아가실 거 같다."

두 달 전 문병 때 집에서 뵙겠다고 인사했는데, 퇴원을 기대하기 어려운 상태 같았다. 심란한 마음을 추스르며 겨우 면접을 치르고는 대구행 기차를 탔다. 천근만근 무거워진 몸을 이끌고 눈을 좀 붙이려는 순간, 아버지가 돌아가셨다는 소식을 받았다. 삶은 그렇게 나를 또 배신했다. 새벽 1시가 넘어 장례식장에 도착했지만 멍할 뿐 눈물이 나지 않았다. 영안실에 누워계신 아버지가 잠시 부러울 정도로 몸이 너무 힘들었다.

길 잃은 몸과 마음

아버지 장례를 치르는 동안 허리가 아파 어떤 자세로도 버티기 어려웠다. 제대로 잘 수도 없었다. 평소 입맛 하나만큼은 자랑하는 나였는데, 새 모이만큼 먹기도 힘들었다. 병원부터 가야겠다고 다짐하고 안산으로 돌아온 날, 또 면접이 잡혔다. 그러고는 덜컥 취업하고 말았다(실업급여 받으며 쉴 기회가 사라졌는데 옮긴 직장에서 1년을 채우지 못하고 암수술 후 퇴사하는 바람에 조기 재취업 수당마저 날려버렸다).

2014년 4월을 잊을 수 없다. 새 직장으로 출근하는 첫 달이라 긴장된 나날이었다. 3주 차 수요일은 컴퓨터 모니터에 침몰하는 배, 세월호가 떠 있던 하루였다. '전원 구조'는 오보로 밝혀졌다. 세상에 어떻게 이런 일이 일어난단 말인가. 우리 막내가 당시 세월호를 탄 아이들과 같은 고2였다. 학교만 달랐을 뿐, 그건 내게 일어날 수 있는 참사였다. 그날 이후 검은 현수막이 늘어선 거리에 나가면 다리가 후들거리곤 했다. 어떻게 살아야 하는지 갈피를 잡기 어려웠다.

그달에 딸의 고등학교 절친이 급성 패혈증으로 세상을 떠났다. 집으로 놀러 오고 내게 편지를 수십 통 보내던 아이였다. 차가운 아이 몸을 확인하고 그 엄마를 안으니 눈물이 터져 나왔다. 젊음이 뭐고 생명이 뭐란 말인가. 그 후로는 교복 입은 아이를 봐도, 대학생을 봐도 눈물이 났다. 학교 건물이나 마주치는 아줌마들도 달리 보였다. 학교에서 돌아오는 막내를 맞이하다 울음이 터질 때도 있었다. 입맛도 없고 체중도 줄고 허리도 계속 아팠다.

간에 뭔가 있다

2014년 6월 19일 오전, 복부초음파 검사를 받으며 깜빡깜빡 졸고 있었다. 이 몸으론 여름 더위를 견딜 자신이 없어 미루던 건강검진을 받기로 한 것이다. 의사에게 배를 내맡기고는 달콤한 휴식에 빠져들었다. 그런데 의사가 자꾸 방해하며 말을 건넸다. 비몽사몽인 내게 의사가 쐐기를 박았다.

"간에 뭔가 보여요. CT(전산화단층촬영)를 찍어보시는 게 좋겠어요."

팽팽하게 당겨진 고무줄이 뚝 끊어지는 느낌이랄까. 올 것이 왔구나 싶어 잠이 달아났다. 호랑이보다 무서운 손님이 오뉴월에 들이닥친 것이다. 놀랐지만 의지적으로 마음을 가라앉혔다. 몸 상태가 정상이 아니었으니까. 속히 받아들이는 것 말고 선택지가 없었다. 곧 영상의학 전문의를 만났다. CT 촬영 결과 간에 크고 작은 종양이 있단다.

"확실해 보이네요. 큰 건 S4에 3~4센티, 작은 건 S7에 1센티 좀 안 되고…."

간은 해부학적 구역(segment)으로 나뉘어 S1에서 S8까지 번호가 붙어 있다는 걸 그때 처음 알았다. 간 해부도를 찾아보는데 피식 웃을 뻔했다. 그 심각한 상황에 왜 쇠고기, 돼지고기 부위명이 적힌 그림이 떠올랐는지 모르겠다. S1은 등심, S4는 안심, S7은 목살….

살려만
주신다면

서울 큰 병원 예약일이 다가올수록 나는 자꾸 '최악의 상황'을 생각했다. 배를 열어보기 전엔 알 수 없으니까. 8년 전 간경화와 간암으로 떠난 오빠가 날마다 생각났다. 배가 아파 병원에 갔다가 퇴원하지 못하고 6개월 만에 떠난 오빠. 49세였다. 식도정맥류 파열로 피를 양동이째 쏟으며 약 줄을 주렁주렁 달고 뼈와 거죽만 남은 몸….

나는 죽음을 상상하며 집 안과 소지품을 매일 정리했다. 만 52세, 아쉽지만 홀가분하기도 했다. 나 하나 없어도 세상은 돌아갈 것이다. 큰아들을 앞세운 친정 노모를 생각하는 게 가장 괴로웠다. 애 셋 딸린 홀아비가 될 가난한 목사 남편 덕에게 나는 큰소리쳤다. 천사 같은 새 아내가 나타나 새 인생을 맞게 될 거라고. 엄마 없이 성인이 되어갈 세 아이가 안쓰러웠다. 나와 같은 띠인 고2 막내가 가장 마음에 걸렸다. 엄마 없는 딸의 앞날을 상상하니 눈물이 찔끔 났다. 군복무 중인 큰놈은 또 어쩔 것인가. 눈물 바람으로 입대하던 녀석 아니던가….

안산에서 CT 검사를 받은 후 8일 만에 서울의 A 병원으로 갔다. 안산의 주치의와 의사인 벗의 도움으로 세계적인 간절제술 명의 B 교수에게 안내된 것이다. 의사와의 첫 만남은 짧고 긴장된 시간이었다. 그는 길게 말하는 사람이 아니었다. 자료를 일별한 후 한마디로 정리했다.

"암인 거 같네요. 바로 입원하시죠. 수술은 하루라도 빠른 게 좋습니다."

적잖이 당황했다. 온갖 최악의 시나리오를 상상했건만 당일 입원할 줄은 몰랐기 때문이다. 철컹! 내 뒤에서 세상으로 가는 철문이 닫힌 기분이랄까. 감옥에 갇힌 나를 상상하는 중에 살짝 안도의 숨을 쉬어봤다. 나는 수술이란 말을 최악의 상황은 아니라는 말로 듣고 싶었다.

수술 전 입원 환자

그 큰 병원에서 병실이 부족하다며 나를 1인실로 안내했다. 덕은 일하러 안산으로 돌아가고 홀로 고층 독방에 남았다. 환자복 입은 몸으로 병실 창을 내다보니 여름 햇살이 완연했다. 검사에 검사가 이어졌다. 심전도, 흉부 X선, 폐활량 검사에 채혈까지. 금식하고 온 작은 몸에서 아까운 피가 엄청나게 뽑혀 나갔다.

오후 2시가 돼서야 병실에서 첫 끼니를 먹었다. 밥은 반가웠지만 입맛이 좋지 않았다. 오후 내내 병원 안에서 이리저리 걸었다. 이후 일정이 궁금해 죽겠는데 가르쳐주는 이가 없었다. 저녁을 금식한 채로 한 시간 간격으로 CT를 찍고 MRI(자기공명영상)를 촬영했다. 으~~ 방사선이여! 선택의 여지 없이 닥쳐오는 검사가 무서웠다. 입원해서 4~5일 검사를 받게 될 것이라는 안내를 받았다.

집을 떠나 1인실에 갇히니 환자라는 사실을 실감했다. 깨고 뒤척이기를 반복하며 첫날 밤을 보냈다. 이튿날 아침도 금식하고 물만 많이 마셔야 했다. 방사성 조영제 주사를 맞고 한 시간 정도 누워 있다가 PET(양전자단층촬영) 검사를 위해 동굴 같은 기계 속을 들락거리며 촬영했다.

오후에 2인실로 옮겼다. 함께 쓰는 환자는 내 또래 아줌마였다. 간경화로 식도정맥류가 터져 2011년 병원에 처음 왔다는데, 그동안 받은 시술이 하도 많아 듣는 나로서는 기억하기조차 어려울 정도였다. 식도정맥류 검사 결과 간경화와 작은 암까지 발견됐단다. 색전술 2회, 고주파술 2회 등을 받은 백전노장 환자인데 큰아들한테서 간을 이식받기 위해 또 입원한 것이란다. 병력으로 보자면 그에게 나는 그야말로 햇병아리에 불과했다.

간동지와 함께 쓰는 2인실에서 보낸 첫 밤에도 나는 자다 깨기를 반복했다. 환자 보호자의 코골이가 워낙 심한 탓이기도 했다. 보호자가 환자를 돌보는 건지 환자가 보호자를 견디는 건지 알 수 없었다. 상대방이 경험한 병 이야기와 정보를 얻어들을 수 있는 건 좋은데, 이런 상황을 어떻게 계속 견뎌야 할지 암담할 지경이었다. 나는 자신에게 집중하기 위해 노력했다. 이후의 기간을 버티기 위해 마음을 단단히 먹고 주는 밥을 다 먹으려고 노력했다. 시간이 나면 병실을 벗어나 병원 안을 이리저리 걷고 또 걸었다.

후회와 감사

수술 전 입원해 있던 5일간 나를 가장 괴롭힌 건 후회의 감정이었다. 왜 그리도 미련하게 살았을까? 몸이 이 지경이 되도록 뭘 했지? 내가 암 환자가 될 수 있다고 생각해본 적 있던가? 우울한 질문이 꼬리에 꼬리를 물었다. 오빠를 간암으로 잃고도 그걸 생각하지 못했다고? 부정하고 싶었어? 내 몸이 신호를 안 보냈다고 말할 수 있을까? 병원 가기 무서워서? 바빠서? 극심한 피로와 오심(惡心)과 구토 증상에도 왜 나는 버티기만 했지…?

불안과 후회를 떨치려고 틈만 나면 걸었다. 할 수 있는 게 없어서 걸었다. 쉽게 지치고 힘없는 몸이었는데, 걸을 힘을 내는 게 고마웠다. 많이 걷고 저녁을 열심히 먹고 나면 산 같은 피로가 덮쳐와 바로 쓰러졌다. 졸음을 버틸 이유도 없고 힘도 없으니 곯아떨어졌다. 잠자게 하는 약 기운도 작용했을 것이다. 자다 깨서 전화를 받고도 곧바로 잠들었으니 말이다.

군대 간 큰놈이 휴가 앞두고 전화했더라는 소식을 들은 날은 달랐다. 나한테 전화 오면 입원한 이야기는 하지 말자, 애 심란하게 할 것 없이 휴가 나왔을 때 알게 하자고 덕이

제안했다. 그러겠다고 했지만 초연할 수가 없었다. 그날 밤은 늦도록 잠들 수 없었다.

입원 5일째 아침 체중을 재니 49.5킬로그램이었다. 모든 검사를 마치고 수술 대기 상태에 들어갔다. 장 비우는 약인 콜론라이트산 8봉지를 한 봉지씩 500밀리리터 물에 타서 다 마시자니 고역이었다. 4리터의 찝찌름한 물을 맛난 아침인 양 마시고 장을 비워냈다. 8시에 나를 수술할 B 교수의 회진이 있었다. 내일 수술하느냐는 내 질문에 그는 한마디 쏘고는 휙 가버렸다.

"검사 다 하고 내가 알아서 합니다."

이해할 수 없는 태도였지만, 바쁜 의사니 그러려니 하며 넘기기로 했다. 아쉬운 사람은 나니 감사한 생각만 하자 했다. 수술도 못 받고 돌아가신 오빠가 생각났다. 간암 절제 수술만으로도 감사하자! 그 밤 단단한 마음으로 다이어리에 한 문장을 남겼다. 뜻도 모르면서.

"아~~ 살려주신다면 보너스 인생, 새롭게 살겠습니다."

속전속결
간암 절제 수술

수술실에서 4시간여 만에 나왔을 때 나는 '중환자'가 돼 있었다. 지난 5일간은 익살스러운 사진을 SNS에 올리며 노는 '나이롱환자'였지만 삽시간에 '찐환자'가 됐다. 복대로 단단하게 동여맨 배가 아팠다. 중심이 사라져버린 듯 몸도 의식도 멀게만 느껴졌다. 세 번 경험한 출산 때도 이 정도로 몸이 낯설게 보인 적은 없었다. 도대체 내 몸이 아니었다. 팔엔 바늘이 꽂히고 위론 약 줄이 주렁주렁 달렸다. 환자복 아랫도리 밖으론 소변줄과 주머니가 달리고, 복대를 덮은 윗도리 밖으론 피 주머니가 매달린 붉은 줄이 있었다.

수술실로 들어가던 순간을 기억하려면 집중해야 했다. 속이 메스껍고 의식은 오락가락했다. 겨우 가족들 얼굴만 확인하고 잠 속으로 빠져들었다. 깨어보면 곁을 지키는 사람이 바뀌어 있었다. '기록을 남겨야 하는데….' 그랬다. '작가정신'이 그 와중에도 기록해야 한다고 나를 채근했다. 볼펜 들 힘도 없는데. 복부에선 붉은 액체가 관을 타고 흘러나오고 있었다. 나는 세계적인 간절제술 명의가 수술 잘됐다고 한 말을 잊지 않으려고 노력했다.

출산 후에 그랬듯 나는 고통의 바다에서 약간의 '뿌듯함'이라도 건져볼 요량으로 애썼다. 그러나 몸도 정신도 그럴 상태가 아니었다. 이송 직원이 내 병상을 밀어가던 건 기억난다. 수술실 문 앞에서 가족과 작별하고 밀려들어 가던 것도 생각난다. 수술실 문이 닫히고 차디찬 수술대가 맨살에 닿던 순간도 떠오른다. 그런데 마취 주사가 꽂히고 난 이후 4시간여는 기억에 없다.

복대로 동여맨 아픈 배는 내게 일어난 일의 확실한 증거물이었다. 명의가 칼로 뱃가죽을 잘랐을 것이다. 명치끝에서 배꼽 위까지 자르고 다시 오른쪽으로 길게 'ㄴ' 자로 잘랐겠지. 간을 끄집어내서 자른 뒤 집어넣었겠지? 담낭도 싹둑했겠지? 흐른 피를 닦아냈겠지? 혈관은 빠짐없이 붙였겠지? 무참히 잘려 나간 내 간 20퍼센트, 그 조각은 어떻게 생겼을까? 온통 암덩이였을까? 딱딱했을까? 시커멓고 울퉁불퉁했을까?

그건 누군가가 순식간에 내 몸을 나 몰래 '해치운' 대사건이었다. B형 간염 보유자에서 27년 만에 나는 간암 환자가 되어 누워 있었다. 어느 날 암이 날 찾아왔다. 이런 날이 오리라고 생각해본 적 있던가? 간암 원인의 75퍼센트가 B형 간염이라는데, 나는 B형 간염 보유자가 아니던가? 널브러져 있다 보니 내 몸에게 미안하고 마음이 괴로웠다. 정신을 차려보려고 해도 의식이 자꾸 흐려졌다. 정신이 들면 성경에 나오는 '강도 만난 사람'이 잠깐 떠올랐다. 부끄러운가 하면, 살아 있다는 게 고마웠다. 한편으론 내 소중한 무엇을 순식간에 도둑맞은 기분이었다. 크게 당하고 쓰러져 속수무책으로 '구조'를 기다리는 상태, 그게 수술 후 내 몸과 내 정신 상태였다.

무통 주사는 무서워

"아이고, 기운 좋네. 정신이 드는가 봐."

"무통이 훨씬 더 힘들어, 원래. 그냥 두면 기운 못 써서 안 돼. 바꿔 달라고 해요."

잠에서 깨어 뒤척이니 병실 환자들이 하는 말이 가물가

물 들렸다. 다 알 순 없지만 눈치로 감을 잡았다.

"그게 뭐죠? 나한텐 말해주지 않은 거 같은데. 선택권이 있었어요?"

병실 사람들에게 들리게 하려 해도 배에 힘이 없어 말하기가 정말 힘들었다.

"병원이 그래. 수가(酬價) 때문인지 일단 그걸 꽂더라고. 얼른 바꿔 달라고 해요."

정신이 몽롱한 것도, 몸이 속수무책으로 널브러진 것도 다 약 때문이란 소리였다. 입이 심하게 마르고 어지럽고 메스꺼워 토할 것 같은데 깊이 잠들지도 않았다. 최악의 입덧도 이보단 견딜만했지. 끙끙거리는데 간호사가 들어왔다. 나는 힘을 다해 하소연했다.

"무통 진통제 너무 힘들어요. 약 바꿔주세요."

처방전을 바꿔야 해서 시간이 걸린다고 했다. 얼마나 기다려야 하는지 설명은 없었다. 일어나보고 싶지만 어림없다. 어지럽고 다리와 몸이 전혀 말을 안 들었다.

입원 14일 만에 퇴원

수술 후 3일이 돼서야 나는 아주 잠깐 힘을 낼 수 있었다. 오락가락하는 기억을 믿을 수 없어 젖 먹던 힘까지 끌어와 몇 단어라도 기록했다. 그렇게 9일을 거의 널브러져 버티다 입원 14일 만에 퇴원했다.

내 발로 걸어 병원 주차장으로 갈 때 가슴 뭉클하던 기억을 잊을 수 없다. 햇살이 눈 깊숙이 파고들었다. 나는 눈부신 세상을 온몸으로 받아들였다. 이글거리는 한여름 태양이 그렇게 아름답고 반가울 줄 예전엔 몰랐다. 49킬로그램인 몸에 내리쬐는 햇살이 짐이라도 되는 양 등을 짓누르는 무게로 전해졌다.

복대를 찬 배가 아프고 다리에 힘이 없었다. 차에 올라타는 것도 차에 앉는 것도 여간 고역이 아니었다. 덕이 운전대를 잡고 딸이 나를 부축하여 뒷자리에 같이 앉았다. 서 있는 것도 걷는 것도 아닌데, 그저 드러눕고 싶었다. 속이 불쾌하고 기분도 종잡을 수 없을 만큼 좋지 않았다. 달리는 차의 바깥 풍경을 즐길 기분도 아니었다. 안산에 도착해서 식구들과 함께 식당에 갔지만, 속이 메스꺼워 아무것도 먹지 못했다. 확실히 나는 암수술을 한 환자였다. 멀쩡한 사람이 되는 날이 올까, 얼마나 아득한 시간이 지나야 회복될지, 그땐 전혀 그려지지 않았다.

'간암 절제 수술'이라 쓰고 '속전속결'이라 읽는 게 맞을 듯했다.

항바이러스제 안 쓸래요!

나를 수술한 의사와 퇴원 전야 면담이 있었다. 입원 기간 회진 때 바삐 스쳐 지나가던 그와 처음으로 마주 앉는 기회였다. 퇴원 병원비(550여만 원), 외래 방문 일시, 퇴원 후 한 달간 먹을 약 등을 안내받았다. 우리 부부는 시험 통지표 받는 학생들처럼 그에게 몸과 마음을 집중했다. 복약 안내가 가장 중요해 보였다.

통증 완화제 아큐판 캡슐, 간장 보호제 코덱스 캡슐, 변을 무르게 하는 라시도필 캡슐, 췌장 효소제 노자임 캡슐, 기능 무력증 보조치료제 시티몰액. 이런 낯선 약을 다 먹어야 하는 거냐고 재차 묻자 그는 당연하다고 했다. 그러고는 마무리인 듯 의사가 말했다.

"항바이러스제는 퇴원할 때 처방해요. 쓸 거면 결정해주시죠."

한 번도 진지하게 생각해본 적 없는 문제였다. 예 또는 아니요 대신 질문을 꺼냈다.

"지금 처방받지 않으면 어떻게 되는데요?"

"수술 직후엔 간 수치가 높게 나오니까요. 이때 처방해야 약값이 적게 들어요."

아, 그렇지. 나는 보유자이면서도 대체로 간 수치 좋은 '건강 보유자'라고 믿고 살아왔지. 가족력 있는 B형 간염 보유자로 27년을 살면서 한 번도 약을 쓴 적 없는 나였다.

"그럼 항바이러스제는 간염 바이러스를 잡는 약인가요? 안 먹으면 어떻게 돼요?"

내 질문에 그가 빠르게 답했다. 항바이러스제는 바이러스 활동을 억제하는 것이지 치료약은 아니다. 시작하면 평생 먹어야 한다. 하루라도 빼먹으면 바이러스가 설치니 주의가 필요하다는 게 요지였다.

약을 안 먹으면 바이러스가 폭주하고 먹어도 치료는 안 돼? 그런 약을 평생 달고 살아야 한다고? 빼먹지 않고 먹는다는 보장도 없는데, 수술로 만신창이가 된 이 몸으로 평생 먹을 약을 시작해야 한다고? 나와 덕은 미심쩍은 눈빛과 고갯짓을 주고받았다. 의사가 덧붙여 말했다.

"모든 약이 그렇듯, 항바이러스제도 내성이 생깁니다. 그러면 다른 약으로 바꿔줘야 하는 거죠. 오래 먹는 약은 대개 그렇잖아요?"

"교수님은 그럼 제게 항바이러스제를 꼭 먹으라고 권하시는 건가요?"

덧붙여 하는 내 질문에 그가 건조한 어조로 답했다.

"저야 안내하는 거죠. 환자분이 결정하실 문젭니다."

쿨~! 내가 수술 외에 항암치료도 방사선치료도 안 하겠다고 했을 때처럼 그는 담담했다. 간은 어차피 항암제가 잘 안 듣는 장기여서 약이 의미 없다고도 했다(간에 화학치료가 안 좋으면 다른 암이라도 마찬가지 아닌가? 모든 약은 간을 거치고 간에 부담을 주니까). 회진 때는 질문할 틈도 안 주던 '야속한 임'이 마지막 밤엔 참 '좋은 임'으로 보였다.

"그럼, 항바이러스제 안 쓸래요!"

오래 고민하지 않고 말했다. 뭘 알고 한 결정이라기보다는 순간적인 판단이었다. 암수술한 몸에 평생 먹을 약이라니, 아무래도 찜찜했다. 짝꿍과 마음을 주고받은 후 항바이러스제 없이 가기로 했다. 의사가 고개를 끄덕이는 건 살짝 의외였다. 반드시 써야 한다거나, 안 먹더라도 지금 처방은 받아놓으라든가, 하는 설득이 없었다. 항바이러스제 안 쓰면 재발 위험이 크다거나 간이 계속 나빠진다는 두려움도 팔지 않았다. 쿨! 그땐 잘 몰랐지만, 그건 내 인생 최고의 선택이었다.

"교수님, 이제 퇴원하면 생활은 어떻게 하죠? 어떻게 먹어야 하는지도…."

나도 마무리할 마음으로 질문했다.

"잘 먹고 잘 쉬고 평소대로 살면 됩니다. 수술 잘됐으니 한 달 정도면 하던 일로 복귀해도 돼요. 두 주 후에 병원 한 번 오시고요. 됐죠?"

싱겁고 뻔한 답을 하고는 그가 일어나려 했다.

"잠깐만요, 교수님! 하나만 더요. 수술 때 잘려 나간 제 간 조각 있잖아요. 그거 좀 볼 수 없을까요? 어디로 가서 신청해야 볼 수 있나요?"

이제 가면 다시 오지 않을 임의 바짓가랑이를 잡듯 질문했다.

"아니, 그게 왜 보고 싶다는 겁니까?"
"보고 싶죠. 그놈이 어떻게 생겼는지 궁금해요. 확인할 수 있는 거 아닌가요? 보여주세요!"

스물다섯 살에 급성간염으로 입원하면서 나는 B형 간염이란 존재를 처음 알았다. 그로부터 27년 만에 암이 불쑥 찾아왔고 간이 싹둑 잘려 나갔다. 왜 보고 싶어 하면 안 되지?

바이러스에 암까지 불어먹은 간, 잘려 나간 간 조각을 나는 진심으로 보고 싶었다.

"볼 필요 없어요. 참, 나!"

의사는 더 할 얘기가 없다는 듯 일어났다. 싸하게 돌아서는 그는 역시나 야속한 임이었다. 그 길로 나는 간호사실에 가서 같은 질문을 했다. 이상한 눈길을 받은 기억이 난다. 그 밤에 더 씨름할 여력도 시간도 내겐 없었다. 피곤한 몸을 뉘어야 했다. 그걸 못 보고 퇴원해버린 게 이렇게 아쉬울 줄, 그땐 미처 몰랐다. 아~ 잘려 나간 간 쪼가리가 나는 지금도 궁금하고 보고 싶다(그걸 볼 수 있는 환자의 권리를 나중에야 알게 되었다).

내 몸은
내가 접수한다!

2014년 10월, 서울 A 종합병원에서 암수술 3개월 차 검사 결과를 보는 날이었다. 진료실에 들어갔을 때 의사는 컴퓨터 모니터에 얼굴을 박고 있었다. 나를 바라봐주길 바라며 그를 향해 밝게 인사하고는 다소곳이 앉아 기다렸다.

"검사 결과 다 좋습니다."

몇 초 후 컴퓨터 모니터 뒤에서 목소리가 들렸다. 나는 시험에 통과한 학생처럼 "감사합니다"라고 기쁘게 답했다. 다시 목소리가 들렸다.

"음… 다 좋네요. 그럼, 두 달 후에 오시면 되겠습니다."

하마터면 나는 '무슨 말씀이든 조금만 더 해주세요'라며 애걸할 뻔했다.

"뭐가 어떻게 좋은지, 항목, 수치라든가, 구체적으로 설명해주시면 좋겠습니다만…."

'조신한' 환자는 의사 선생님 심기를 살피며 조심스레 말했다. 귀찮다는 듯 그가 받았다.

"문제없다니까요. 두 달 후에 오면 됩니다."

가슴이 갑자기 쿵쾅거리기 시작했다. 일어설까 했지만 입에서 질문이 나와버렸다.

"그럼, 수술 부위 제 간은 잘 자라고 있나요? MRI 영상으로 좀 설명해주시면…."

듣고 싶지 않다는 듯 그가 버럭 말을 잘랐다.

"아니, 그게 왜 궁금합니까? 내가 다 알아서 합니다!"

순간 그가 나를 힐끗 보는 것 같았다. 모니터 뒤에서 그가 구시렁댔다.

"그게 뭐라고, 왜 그렇게 궁금하다는 거야. 오늘만 벌써 몇 명이야…."

벌렁거리는 가슴으로 나는 숨을 깊이 쉬었다. 나는 감정 노동을 하고 있었다. '아하, 교수님. 정말 피곤한가 보군요. 오늘 아침에 벌써 십수 명은 진료했겠죠. 비슷한 환자들에 비슷한 질문들. 시간은 쫓기고, 실적 압박에, 짜증 나죠. 자꾸 묻는 환자 귀찮고요….' 질문할 수 있는 '환자의 권리'까지 생각난 건 아니었다. 그저 질문이 있었을 뿐이다.

"교수님, 죄송하지만 하나만 더 여쭐게요. 목소리가 잘 안 나와요. 목에 뭐가 걸린 것처럼 답답해요."

"수술 후 그럴 수 있습니다. 전신마취 후유증으로 성대결절이 생길 수도 있어요."

심각한 질문에 선심 쓰듯 그는 빠른 답을 날렸다. 두 달 후라는 말도 잊지 않았다. 진료실 밖으로 나오니 심장이 몸

밖으로 튀어나올 듯 방망이질했다. 나는 손을 가슴에 얹고 심호흡을 몇 번 했다. '이 몸이 왜 이래 이상하다냐?' 나는 생각해본 적 없는 말을 큰 소리로 뱉었다.

"의무기록 사본을 떼려면 어디로 가야 하죠?"

답을 듣기 무섭게 내달렸다. 다음 일정을 잡고 가라고 뒤에서 부르는 소리가 들렸지만 무시했다. 의무기록 사본을 모두 떼보는 거다. 6월 말 입원부터 검사, 수술, 수술 후 검사, 한 달, 그리고 석 달까지의 영상 CD까지.

'그게 왜 궁금하냐고? 금지된 질문이었나?' 아무리 생각해도 있을 수 없는 일이었다. 내 몸에 대해 질문할 수도 없는 의사를 왜 찾는 거지? 날 앉혀놓은 다음에야 내 데이터를 들여다볼 뿐인 의사가 도대체 뭘 알아서 하지? 이건 나 스스로 공부하라는 소리로구먼!

사본이 나오기까지 생각했다. 내 안에서 끓고 있는 건 분노였다. 기분이 아주 나빴다. 과연 그게 그렇게 심각한 일이냐, 제발 묻지 마라. 나도 왜 그렇게 화가 나는지 모른다. 어떤 충동에 휩쓸려가듯 의무기록 사본을 떼기로 했을 뿐이다. 그러고는 결심했다.

"그래, 이 병원에 다시 올 일 없다!"

2만 8000원어치 의무기록 사본 봉투는 제법 두툼했다. 병원 이름이 인쇄된 누런 대봉투를 가슴에 꼭 껴안았다. 간암 절제 수술 후 3개월 된 몸이 난 진심으로 궁금했다. 의사는 질문을 묵살하고 자기가 알아서 한다고 했다. 나는 도저히 동의할 수 없었다. 두근거리는 가슴이 차츰 가라앉았다. 병원을 나설 때 나는 전에 한 번도 한 적 없는 생각을 골똘히 하고 있었다. 버스가 안산에 도착할 때까지 말똥말똥 졸지도 않고 그랬다.

"그래, 내 몸은 내가 접수한다!"

환자의 권리

1. 진료받을 권리

   환자는 자신의 건강보호와 증진을 위하여 적절한 보건의료서비스를 받을 권리를 갖고, 성별·나이·종교·신분 및 경제적 사정 등을 이유로 건강에 관한 권리를 침해받지 아니하며, 의료인은 정당한 사유 없이 진료를 거부하지 못한다.

2. 알 권리 및 자기결정권

환자는 담당 의사·간호사 등으로부터 질병 상태, 치료 방법, 의학적 연구 대상 여부, 장기이식 여부, 부작용 등 예상 결과 및 진료비용에 관하여 충분한 설명을 듣고 자세히 물어볼 수 있으며, 이에 관한 동의 여부를 결정할 권리를 갖는다.

3. 비밀을 보호받을 권리

환자는 진료와 관련된 신체상·건강상의 비밀과 사생활의 비밀을 침해받지 아니하며, 의료인과 의료기관은 환자의 동의를 받거나 범죄 수사 등 법률에서 정한 경우 외에는 비밀을 누설·발표하지 못한다.

4. 상담, 조정을 신청할 권리

환자는 의료 서비스 관련 분쟁이 발생한 경우, 한국의료분쟁조정중재원 등에 상담 및 조정 신청을 할 수 있다.

* A병원에서 받은 환자용 포켓홀더 파일 표지에서 옮겨 적음

간이 배 밖에 나온 여자

나는 전화에 대고 재차 어머니를 안심시켰다. 적당히 얼버무리다 결국 이실직고했다. 내 몸을 내가 접수하기로 했다고. 병원 갈 때 됐잖냐, 언제 병원 가냐, 전화하면 반복되는 어머니의 질문 때문이었다. 수술한 의사가 나를 깨운 덕에 그리됐다고 해도 나는 결국 큰소리를 들었다.

"니가 아주 간이 배 밖에 나왔구나! 암수술한 사람이 우째 병원을 안 간다 말이고."

어머니는 전화기에서 튀어나올 것처럼 펄펄 뛰었다. 큰아들도 간경화 간암으로 잃었는데, 둘째 딸이 간암 수술을 했으니, 그럴 만했다. 어머니는 심각한데 나는 엉뚱하게 '빵 터지고' 말았다.

"하하하. 간이 배 밖에요? 맞아요! 내 간 20퍼센트는 잘려 나가버렸잖아요. 배 밖에 나간 간은 어디서 뭐 하고 있을까요? 아~~ 보고 싶고 궁금해 죽겠어요, 진짜!"

'간이 배 밖에 나온 여자'는 그날부터 나 자신을 부르는 '별칭'이 되었다. 겁 없는 사람은 간이 큰 사람. 무모하게 용감하면 간이 부은 사람. 한 발 더 심하게 '겁대가리'가 없는 사람한테, 경상도 우리 고향에선 그랬다.

"야가, 야가, 간이 아주 배 밖에 나왔구나!"

간 큰 위인과는 거리가 먼 내겐 '영광스러운' 별명이 아닐 수 없었다. 나는 조금은 엉뚱하고 활기차고 에너지 넘치는 아이였다. 엄한 어머니의 사랑받는 딸로 '고분고분한' 모범생으로 커갔다. 질풍노도 청춘의 방황도 잠깐, 보수적인 교회가 내 혈기와 개성을 꺾어주었다. 현모양처로 '조신한' 사모로 늙어가나 했다. 어지간히도 콩알 간으로 말이다. 아, 누가 알았으랴. 중년의 내가 '간이 배 밖에 나온 여자'로 등극할 줄을!

문제는 재발의 두려움

웃어넘기긴 했지만 속으론 늘 두려웠다. 가족력 있는 B형 간염 보유자 고위험군에서 간암 수술까지 왔으니, 그다음 순서는 재발일까? 수술과 시술의 반복일까? 앞을 알 수 없어 답답했다. 어떻게 해야 건강한 새 몸으로 살지? 지친 몸으로 퇴근할 때면 나는 내 몸이 진심 미덥지 않았다. 내가 어디로 가고 있는지 알려줄 누구 없소? 쓰러져 누우면 재발의 두려움이 스멀스멀 엄습하곤 했다. 주말이면 시간을 내어 카페에 앉아 글을 썼다.

2014년 9월 13일(토) 맑음

언제라도 암은 재발할 수 있다는 게 내 불안의 근원이다. 더 열심히 살면 될까? 두려움이 늘 가까이 있음을 느낀다. 불안은 무지할수록 커질 것이다. 간이 배 밖에 나온 여자라 무서운 게 없다? 허풍이었다. 더는 욕심 없다 했건만, 암이란 이런 거로구나. 몸 상태가 조금만 달라도 혹시나 하는 이 맘. 이 두려움. 몸의 면역력을 높이는 생활습관 형성이 중요한 건 알겠는데, 쳇바퀴 일상 속에서 어떻게? 계속 두려움에 끌려다닐 것인가.

몸이 내게 묻는 것 같다….

시간은 물처럼 흘러 2014년 연말이 다가왔다. 수술 후 몸은 계속 정상이 아니었다. 삭신이 쑤시고 나날이 천근만근이었다. 타이 마사지를 받고 물리치료를 해도 개운해지지 않았다. 그날은 속도 거북해 기분이 더 나빴다. 도저히 근무할 몸이 아니어서 출근하자마자 조퇴하기로 했다. 금방이라도 암이 온몸에 퍼질 것 같은 두려움 때문이었다. 집에 와 쓰러졌는데 잠들지 않고 정신이 말똥말똥해졌다.

몸속 상황이 궁금해서 견딜 수 없었다. 간이 어떤 상태인지, 왜 이렇게 힘을 쓸 수 없는지, 알고 싶어 미칠 것 같았다. 나는 어디로 가고 있는 걸까? 누구 없소? 누워서 뒤척이는데 책장에 꽂힌 누런 봉투가 눈에 들어왔다. 석 달째 먼지를 쓰고 있는 의무기록 사본이었다. 그걸 떼던 날의 감정이 훅 올라왔다. “내 몸은 내가 접수한다!”라고 외친 그날 이후 한 번도 열린 적 없는 봉투였다. 나는 온몸에 전기 충격이라도 받은 양 벌떡 일어났다. 봉투에서 종이 뭉치를 꺼내 책상에 펼쳤다. 돋보기를 끼고 의자를 당겨 앉았다.

진단검사의학과 최종 보고서, 핵의학 영상검사 결과지, 영상의학과 판독 결과지, 소화기병 검사실 검사 보고서, 병

리과 검사 보고서….

깨알 같은 검사 수치와 낯선 용어가 난무해 눈이 어지러웠다. 도대체 왜 영어라야 하는가. 한글은 보조적인 기호에 불과했다. 서양 의학을 따라가기 바쁜 우리 현실이겠지. 아니, 보통 사람들이 모르게 하려는 음모인가? 불평과 짜증은 잠시, 나는 어느새 공부하고 있었다. 오기였을까, 28쪽 분량의 낯선 보고서를 처음으로 제대로 살펴볼 수 있었다.

암수술 후 5개월이 지나서 처음 읽는 내 몸의 기록이었다. 모르는 말투성이지만 일단 읽었다. 몸속을 직접 들여다보는 기분이랄까, 잃어버린 나를 찾아가는 느낌이랄까. 비밀의 숲에서 새 길을 찾아 떠나는 모험이랄까, 설렘이랄까. 죽을 것 같던 몸 상태를 금세 잊어버렸다. 심란함과 무기력함과 두려움도 희미해지고 있었다. 나는 인터넷을 열고 영어사전도 펼쳤다. 아마도 그때 눈은 초롱초롱 빛나고 있었으리라.

수술 전후 몸 비교

간암 절제 수술 전후로 몸은 어떻게 달라졌을까? 수술 직전(6월 말)과 수술 후 3개월(10월) 당시 의무기록을 요약하면 이렇다.

간 S4에서 3.7센티미터 병변이 잘려 나감. S7에 1센티미터, S5에 뚜렷하지 않은 병변. 폐와 오른쪽 장골에 자잘한 병변. 문맥이나 림프 전이 없음. 문맥 혈전증이나 담도 확장 없음. 간경변증과 간문맥 항진증 소견. 간 이외 전이나 새로운 간세포암은 없다는 게 결론이었다.

의사는 왜 몸 상태를 이런 식으로 말해주지 않았을까? 3개월 경과 당시 검사에서 들은 것이라곤 "검사 결과 다 좋습니다"라는 말뿐이었다. 간에 두 군데, 폐와 뼈에 '암 의심'이란 기록을 직접 읽으니 기분이 좀 이상했다. 폐사진 찍고 호흡기 의사한테 가서 모호한 설명을 들은 게 그 때문이었던 것이다. 나는 의사 입만 쳐다보며 오갔을 뿐이었다. 어떻게 이럴 수 있지? 내 몸의 일이고 내가 한 짓인데 다 낯설었다.

나는 20대부터 B형 간염 보유자란 이름으로 살았지만 간에 관한 책 한 권을 읽은 적 없다. 오빠가 '최악의 상태'로 돌아가신 후에도 달라진 건 없었다. 실화다. 암은 나와 전혀 상관없는 일이란 듯 말이다. 이걸 어떻게 설명할 수 있을까? 몸에 대한 내 태도 또는 관점이 아닐까 싶다. 무지, 무관심, 무력. 제 몸을 소중하게 여겨본 적도, 주체로 살아본 적도 없다. 너무 일찍 포기를 배워버렸는지 모른다.

몸에게 몸 상태를 설명하다

의무기록을 공부하고 보니 마음이 심란하면서도 묘하게 기분이 좋아졌다. 두려움도 염려도 사라졌다. 있는 그대로 인정하니 몸이 좋아하는 게 느껴졌다. 몸을 처음 만나는 듯 설레고 마음이 따뜻해졌다. 나는 곧 몸이었다. 몸을 믿고 몸의 소리를 따라가는 게 길이었다. 영상 판독서와 검사 결과지를 종합해 몸 상태를 몸에게 다시 한번 설명해주었다(최소한 이 정도는 설명해줘야 의사지).

"수술로 간 20퍼센트가 좌엽에서 절제됐어. S4가 통째로 잘려나갔어. 아직 S7과 S5에, 폐와 뼈에 자잘한 병변이 있어. 전이로 보이진 않아. 간세포암을 결정하는 특수화학 검사 결과가 다 좋아. PIVKA II(Protein Induced by Vitamin K Absence or Antagonist II)는 수술 전 빼곤 모두 정상이야. AFP(알파태아단백, Alpha Feto-Protein)는 수술 전후 정상범위고. 간암 간경화 환자는 담도와 혈관 검사를 해. 정맥류 출혈이나 복수(腹水)를 보는 거야. 문맥 혈전증, 담도 확장은 없대. 간경변이 좀 있고 문맥 항진증은 수술 후 일시적 현상일 수 있어. 수고했어!"

내 몸은 달라질 거야!

남은 질문은 '자잘한 병변'이었다. 몸속에 직접 들어가 볼 수 있으면 얼마나 좋을까. 그래 봤자 '가이드라인'을 따를 것이다. 완벽한 객관은 없으니까. '암 의심' 또는 '병변'이란 말이 소설의 복선(伏線)처럼 읽혔다. 환자는 조심하게 하고, 병원은 책임질 일이 없게 하는 장치랄까. 환자를 계속 병원에 오게 하는 장치로도 보였다. 대형병원을 먹여 살리는 주요 사업이 암이니까. 보험 시장과 제약 산업이 공생하게 하는 시스템도 암이니까.

나는 내 몸에 대해 '주관적' 결론에 도달했다. 암세포란 어차피 날마다 생기고 사라지는 것. 면역력이 좋아지고 자연치유력이 커지면 몸은 달라지는 것이다. 내 몸은 이제 달라질 일만 남았다. 이제 내가 내 몸의 의사니까. 내가 접수했으니까. 나는 의무기록 사본 봉투를 다시 책장에 꽂고 두 팔로 나를 꽉 안았다. 그리고 토닥토닥 속삭였다.

"이제 시작이야. 넌 할 수 있어."

"암이 더는 자랄 수 없도록, 내 몸은 근원적으로 달라질 거야!"

내가 책을 써야겠군!

내 몸을 내가 접수했으니 서점에 가보기로 했다. 알아야 면장을 하든 할 것 아닌가. 퇴원하던 날 병원 서점에서 《간암 완치 설명서》 한 권 산 후 5개월 만의 책 구경이었다. 책 숲을 걷다 보면 새 길이 보이겠지, 가볍게 마음먹기로 했다. 아니, 솔직해지자. 나는 돈이 없었다. 모아놓은 돈도 없지만 빵빵한 실비보험도, 돈 잘 버는 남편도 없었다. 내가 갈 길은 돈 안 들이고 하는 자연치유여야 했다. 그런 길이 있는지 찾아볼 작정이었다.

연말이라 책방이 사람들로 북적거렸다. 사람들 속에 섞여 책을 뒤적이는 이런 시간이 도대체 얼마 만인가. '건강'이니 '암'이니 하는 제목 구경하는 것만으로도 즐거웠다. 잘나가는 병원, 세계적인 명의 이름이나 알자. 암수술, 병원 표준치료, 간암, 가족력 B형 간염 보유자, 자연치유, 암 생

존자, 체험담…. 그러나 책을 고르고 선택하는 건 쉽지 않은 일이었다. 기왕이면 간염과 간암에서 자연치유로 나았다는 이야기를 찾아야 했다.

"설마, 남자들만 암에서 생존한 거야?"

암 체험기를 찾다가 툭 뱉은 질문이었다. 남자가 쓴 책은 보이는데 내가 찾는 여성 저자의 암 이야기는 통 보이지 않았다. 나만 읽고 싶은 건가? 아픈 여자가 많을 텐데, 왜 그들이 쓴 책이 없지? 직원에게 문의해도 찾기 어려웠다. 그날 이후 도서관을 뒤지고 인터넷을 검색했다. 나와 비슷한 아줌마가 쓴 암 생존기를 찾아야 했다. 그러다 또 충동이 일었다.

'이러면, 내가 책을 써야 하나?'

놀랍게도 여성이 쓴 암 생존기는 찾기 힘들었다. 세상이 남성을 중심으로 돌아간다는 건 알고 있었지만, 암 세계조차 이럴 줄이야. 암 생존기를 내고 환자들을 위한 온오프 모임을 운영하는 사람은 죄다 남자였다. 그들 곁에서 수발하고 돌봐주고 조력하는 아내도 있었다. 그런 유의 여성 암 생존기는 눈을 씻고 찾아도 보이지 않았다. 아쉽지만 어쩌겠나. 남성 저자들이라도 직접 만나고 그들 주변에 있는 여성 환자들을 만나 보기로 했다.

암 생존기로 가장 먼저 읽은 책은 홍헌표의 《암과의 동행 5년》이었다. 2014년 연말 당시 따끈따끈한 신간이었다. 저자는 대장암 수술 후 항암 4회만 받고 병원이 가르쳐주지 않는 투병의 길을 걸었다. 2년 6개월간 휴직하고 식이요법과 운동, 명상, 웃음 등으로 암을 극복하고 2011년 복직했다. 2013년 암 완치 판정(관해•)을 받고 책을 냈다. 책 덕분에 나도 그가 이끄는 '웃음보따里' 회원이 되어 함께 웃고 놀기도 했다.

이어서 만난 책은 송학운의 《나는 살기 위해 자연식한다》였다. 저자는 병원이 포기한 대장암, 직장암에서 자연식 뉴스타트 치유법으로 건강을 회복하고 30년을 살고 있었

• 관해(寬解): 암 치료에서 증상이 완화되거나 사라진 상태를 의미한다. '부분 관해'는 암이 부분적으로 줄어든 상태 또는 처음과 비교해 30퍼센트 이상 줄어들고 호전된 상태를 뜻한다. '완전 관해'는 '암이 있다는 증거를 확인하지 못한 상태'를 의미한다. 완전 관해 기준을 '암 진단 후 5년'으로 잡는 이유는 통계적으로 대부분 암이 수술 후 5년 이내에 재발하기 때문이다. 보통 '완치'라는 표현은 '완전 관해'란 뜻이다. 그렇다고 '완전 관해'가 다시는 암이 안 생긴다는 보장은 아니다. (국립암센터 분류 참고)

다. 그의 곁에는 자연식 전문가인 부인 김옥경 씨가 있었다. 이들이 영덕 칠보산에서 운영하는 '자연생활교육원'에서 보낸 9박 10일간의 일정으로 나는 자연치유에 입문했다.

신갈렙이 쓴 《암, 투병하면 죽고 치병하면 산다》도 재미있었다. 그는 2006년 우연히 암 종양(지방육종)을 발견하고 수술했다. 24회의 고강도 방사선 치료 후 '졸업사진'을 찍었더니 암은 다발성 전이로 말기 상태가 돼 있었다. 그는 병원 치료를 포기하고 현대 의학, 한의학, 대체의학, 자연의학 등을 실천해 암을 극복했다. 나는 그의 자연치유 시설에서도 한 달 묵었다.

이브 엔슬러의 《절망의 끝에서 세상에 안기다》는 내가 찾던 자연치유 관련 사례는 아니지만 여성 암 생존기로 읽은 책이다. 암과 함께 달라지는 저자의 인생이 보였다. 《암이란다. 이런 젠장…》은 암환자 여성의 일상을 담담히 담아냈으나 대안 없는 죽음이 결말이었다. 《여자가 우유를 끊어야 하는 이유》는 암환자인 호주 과학자가 우유의 폐해를 분석한 책이다. 《폐경기 여성의 몸 여성의 지혜》가 차라리 내겐 최고의 책이었다. 갱년기 여성의 몸과 병에 관한 이야기였으니까.

밥하고 가족 돌보느라

2015년 말 국립암센터 통계에 의하면 우리나라는 남자보다 여자의 암 유병률이 높고 5년 생존율(전체 70.7%, 남자 62.8%, 여자 78.4%)도 여자가 훨씬 높았다. 그런데 왜 여성이 쓴 암 생존기는 없을까? 2013년 한 언론사 조사가 그 이유를 말해주고 있었다. 배우자의 간병을 받는 비율은 남자가(97%) 여자(28%)보다 압도적으로 높았다. 여성 암환자의 37퍼센트는 셀프 간병, 여성 암환자의 68퍼센트는 자녀양육, 집안 살림 등 주부 역할을 도맡는 것으로 나왔다. '여성 암환자'를 포털에서 검색해보았다. 줄줄이 사탕으로 이런 기사가 이어졌다.

> "여성 암환자는 남성보다 스트레스를 더 많이 받는다. 남편과 자녀를 뒷바라지하도록 요구받고 있기 때문에 남성 암환자보다 질병 외의 고민을 더 신경 써야 하는 이유다."
>
> -2012년 3월 공공보건 포털 Health

"더 서러운 여성 암환자… 아내가 남편 수발 97%, 남편이 아내 간병 28%"
-2014년 4월 14일 자 《중앙일보》

나는 합리적 의심 끝에 나름 결론에 도달했다. 아줌마 암 환자들은 밥하고 가족 돌보느라 책 쓸 시간이 없었다! 책은 고사하고 자기 몸 치유에 집중할 시간도 부족했다. 환자가 돼도 여전히 남 돌보는 일에서 자유롭지 못한 여성의 삶. 아픈 몸으로도 가족 음식 따로, 자기 음식 따로 해야 한다던 아줌마 환우의 고백은 결코 낯선 경우가 아니었다. 이건 뭐지? 이게 뭐냐고!

"좋아! 5년 후 내가 암 생존기를 내는 거야!"

암환자가 가장 후회하는 것

칠보산 자연생활교육원에 가면 친구들을 사귈 수 있어 좋다. 몸과 삶에 대해, 암과 자연치유에 대해, 경험과 통찰을 나눌 수 있다. 글로 쓴다고 밝히고 기록도 한다. 다시 한 번 벗들께 감사하며, 가능한 한 육성 그대로 정리한다.

(2021년 2월 인터뷰)

김수연(여, 가명, 60대) 직장암 2년

2018년 4월부터 병원을 다녔는데 진단이 안 나왔다. 7월에 서울에서 직장암 진단받고 11월에 수술받기까지 오래 기다리게 하더라. 대기하면서 부산에서 대학병원에 한방병원도 다녔는데 좋아지지 않았다. 서울에 묵으며 대기하다

11월에야 수술했다. 퇴원해서 암 통합병원에 다니고 제주도에 있는 채식 공동체에 수시로 다니며 요양했다.

몸은 좋아지지 않았다. 통합병원을 한 달 다녔다. 전이가 의심될 만큼 뼈까지 아팠다. 요즘은 등이 아프고 가슴 안쪽도 아프다. 온갖 검사를 해도 원인을 알 수 없다. PET 검사로도 안 나타났다. 다음 달 예약된 상태다. 전이나 재발이 마음 쓰인다. 몸과 마음이 지치니 스트레스 주는 곳은 싫더라. 식사 챙기는 게 힘들어 여기 다시 올 것 같다.

일 계속하며 몸 관리가 어려워 딸에게 넘겨주었다. 잘해주고 있다. 나는 남편이 없어 다행이다. 아줌마 암환자들에겐 남편도 자식도 짐이다. 아무도 없는 아줌마가 제일 복 받은 사람으로 통한다. 요양원에서 암환자가 남편 때문에 시달리는 모습을 봤다. 멀쩡한 남편이 수시로 먹을 게 없다, 뭐 해달라 하며 전화하더라. 환자가 남편 음식 해주고 오다가 결국 폭발했다. 남편들 정말 잘못 배웠더라.

나도 그리 살았다. 남편이 먼저 떠났으니 짐이 없다. 암환자가 되고 나서 가장 후회되는 건 내가 매사에 너무 잘하려 했다는 것이다. 싫은 소리를 안 했다. 시집와서 시부모에 시누이 부부까지 같이 살았다. 내가 다 하려니 짐이 과했다. 아무도 내 사정을 몰라줬다. 말하지 않고 살았다. 돈 문제로

틀어지니 고마운 소리는 없고 시누이네는 얼굴도 안 보고 산다.

우리 형제가 참 많은데 중간인 내가 친정어머니를 돌아가실 때까지 5년 모셨다. 어머니들은 사위 있는 딸 집을 불편해하시잖나. 그래서 사위 없는 우리 집에 계셨다. 나 혼자 모시려니 너무 지치고 내가 병이 난 줄도 몰랐다. 혼자 5년간이나 할 이유가 있었나 싶다. 형제들한테 협조 요청하면 "우리 죄인 만들지 말고 요양원으로 모셔라." 하고 답이 왔다. 말 들을걸. 요양원 싫어하시던 어머니 눈빛 생각하면 힘들지만….

고미라(여, 가명, 60대) 오랜 식이장애

나는 겉모양은 멀쩡해도 병이 오래됐다. 지금은 병 자랑한다. 식이장애가 뭔지 아나? 폭식증. 먹는 걸 절제할 수 없다. 냉장고를 뒤져 끝까지 먹는다. 후회하며 토한다. 안 먹고 견뎌보려면 미친다. 우울증이 밀려온다. 내가 무가치하게 느껴진다. 정신과 다니는데 약 기운으로 또 우울해진다. 기운이 빠지면 길 가다 차에 뛰어들고 싶어진다. 무섭다. 세끼 적정량 먹으며 햇볕 쬐고 운동하는 게 최선이다.

나는 형편이 좋고 자식 둘 다 잘돼 있다. 신랑도 요새는 나한테 잘하려 애쓴다. 여기 전세 얻어주고 태워주고 태우러 온다. 잘한다곤 해도 내 가려운 곳보다 엉뚱한 데 긁는 경우가 많지만. 중매 결혼했는데 살아보니 너무 안 맞았다. 우리 시대 여자들은 남자한테 내숭 떨어야 했다. 얌전하고 고분고분한 여자로. 나는 이 남자가 너무 무뚝뚝하고 어려웠다. 외동딸로 귀하게 컸는데 결혼해보니 딴 세상이었다. 말이 안 통하고 숨이 막혔다. 못 알아듣는 남자 앞에 불만 없는 척을 해야 했다.

답답하고 외로우면 먹는 것으로 달랬다. 결혼 초부터 그랬다. 식성이 좋아 그런 줄 알았다. 계속 배고픈 느낌이었다. 살이 찌면 다이어트했다. 먹고 토하기를 반복하다 결국 병원에 갔다. 아무한테도 안 알렸다. 돈은 있으니까 문제없는 척했다. 점점 조울증이 심해지더라. 자식들한테 먼저 알리고 신랑도 알게 했다. 안 다녀본 데 없다. 생식 좋더라. 정신과 약으론 해결 안 된다. 내숭으론 안 된다. 이젠 하고 싶은 말 한다….

하경미(여, 가명, 50대) 난소암 1년

2019년 5월 난소 다 들어냈다. 항암 3회 후 더 못하겠더라. 멘토로 황재수 씨가 있는 웅촌으로 찾아갔다. 그는 암 발병한 지 25년이 넘었는데 극단적 채식으로 완치했다. 물과 음식이 치유에 90퍼센트 이상 중요하다고 했다. 표준치료가 끝이 아님을 알게 됐다. 생활을 바꿔야 한다. 나는 받아들이고 적용했다. 항암 끝남과 동시에 채식하고 경주 자연 요양원에 두 달 있었다. 잘 맞았다. 고기 생각이 안 났다. 암에 다시 안 걸리게 배우려 한다. 여긴 10월 다녀간 후 또 왔다.

6월에 뉴스타트 센터로 갔다. 위안받았다. 종교가 없었는데 힐링이 됐다. 전기가 있어야 노트북을 쓸 수 있듯, 사람의 영적 에너지가 하나님이란 말에 100퍼센트 공감했다. 치유 근간에 접속할 기회라고 믿게 됐다. 우리 집안에서 나만 암에 걸렸다. 강의 들은 후 마음의 안정을 찾게 됐다. 음식은 내 노력의 한 부분이고 하나님께 맡기고 기도한다. 몸이 좋아지고 있다.

처음에 아랫배가 아파 장염인 줄 알았다. 내과 의사가 촉진하더니 큰 병원으로 가라고 했다. 2차 병원에서 다음 날

CT 찍자고 했다. 바로 대학병원 응급실로 갔다. 종양 수치가 너무 높으니까 난소암이 확실한 것 같다더라. 이틀 동안 검사하고 서울 큰 병원으로 갔다. 항암 3회 하고 개복 수술했다. 수술 후 퇴원 날에서 3일 연장했다가 퇴원했다. 퇴원 때 항암 하고 서울 두 번 더 가서 항암 했다. CT 마지막 찍은 게 5월이었다. 방사선 치료를 계속해야 하는지 의문이 든다.

병원에는 3개월마다 오라는데 6개월간 안 가고 있다. 요양병원에서 피검사만 한다. 난소암은 종양 수치가 중요하다. CT를 자꾸 찍어도 되는지 이상구 박사님께 여쭤봤더니 해롭다더라. 미슬토 면역치료제가 실비보험 돼서 자가 치료하고 있다. 여기 수시로 오고 싶다. 몸무게 6킬로그램 빠졌는데 느낌은 더 좋다. 달걀까지만 먹는다. 코로나 끝나면 하나님을 좀 더 가까이 만날 길을 찾고 싶다. 교회든 성당이든, 영적으로 치유되는 길을 찾고 싶다.

남편이 울어주고 돌봐주어 다른 모습을 알아가고 있다. 하나 있는 아들이 대학생인데 하나님께 맡기려 한다. 내게 집중하기로 했다. 직장 다니면서 집안일을 혼자 다 했다. 슈퍼우먼인 줄 알고 일했다. 병원 갈 일 없었으니 다들 나를 차돌이라 그랬다. 나를 몰랐고 자신에게 집중하지 못했다. 처음엔 너무 놀라 땅속으로 꺼지는 느낌이었다. 자신감 제로웠다. 아픈 것 자체가 너무 힘들고 부끄러웠다. 딱딱대고 잘난 척하고 다녔는데 병들었다는 걸 믿고 싶지 않았다. 지금은 60퍼센트 정도 회복한 것 같다….

박미희(여, 가명, 50대) **간암 3년**(재발)

나는 가족력 있는 B형 간염 보유자다. 엄마가 간암으로 돌아가셨다. 항체가 안 생겨 오랫동안 항바이러스제를 먹고 있다. 2017년 7월 서울 큰 병원에서 간암 진단을 받고 간 절제 수술을 받았다. 퇴원 후 운동하며 스스로 관리했다. 9개월 만에 재발하더라. 다시 개복 수술하고 나니 재발이 너무 무서워졌다. 간을 몇 퍼센트나 잘라냈는지 묻지도 못했다. 정신이 번쩍 나서 유튜브를 찾아보고 책도 읽으며 자연치유에 눈뜨게 됐다. 작년부터 여기 전세 얻어놓고 정기적으로 온다. 집에 있을 땐 도시락 싸서 산에 종일 있다 오기도 한다.

B형 간염 보유자는 항바이러스제 평생 먹는 것 말고는 방법이 없는 줄 알았다. 항바이러스제 안 먹고 B형 간염 항체 생기고 건강한 친구를 만나니 너무 반갑다. 아줌마 간암 멘

토를 달라 기도했는데 들어주신 것 같다. 자주 경험 나누는 친구 하자. 내가 잘하고 있나 불안할 때가 잦다. 병원 하라는 대로 다 했는데 이게 뭔가, 재발 후에 비로소 고민되더라.

가장 큰 바람은 더 재발하지 않는 것이다. 순간순간 두려웠는데 건강한 친구를 보니 용기가 난다. 내가 없어도 집은 문제 될 것 없다. 내 인생에 지금만큼 좋은 때가 없다. 나를 위해 시간을 쓰고 몸에 좋게 나를 돌본다. 그렇게 살아본 적이 없더라. 암 덕분이다 싶어 감사하다. 딱 한 가지 고민은 큰아들이다. 서른다섯 살인데 B형 간염 보유자다. 모체 수직감염이었다. 둘째 땐 낳고 바로 예방 접종했는데 큰애 때는 그럴 겨를이 없던 시절이었다.

아들 볼 때 마음이 힘들다. 엄마가 보유자로 암수술에 재발까지 했는데 자기랑 상관없는 것처럼 산다. 직장 다니니 맨날 고기 먹고 몸 관리를 안 한다. 내가 무지하게 살았던 게 마음 아프다. 아들은 아직 항바이러스제를 안 먹는다. 간 수치 높지 않으니 문제 없는 줄 안다. 몸 관리하라는 소리를 귓등으로도 안 듣는다. 간 수치 나쁘지 않은 게, 면역체계가 제대로 작동하지 않아서 그렇게 나온다는 게 설득된다. 우리 아들이 엄마 마음 좀 알았으면. 어떻게 말이 통할까….

2장

세상은 넓고
길은 많더라

간질환(간염, 간경화, 간암)의 자각증상

간은 침묵의 장기?

정말 간은 침묵할까? 어지간히 망가지고 병이 진행돼도 간은 침묵하는 장기 맞다. 그러나 자각증세가 전혀 없다고 생각하면 오해다. 몸은 어떤 식으로든 말을 하고 메시지를 보내기 때문이다. 병원과 의사가 말하지 않고 진단하지 못하기도 한다. 그러니 증세가 없는 게 아니라 현대 의학의 한계가 있을 뿐이다.

자기 몸의 소리를 어떻게 들을 것인가? 그것이 문제로다. 병원의 대증적인 처방을 따르는 게 몸의 소리를 듣는 걸까? 나도 간암 진단 후에야 그게 아님을 깊이 인정하게 되었다. 몸이 보내는 이상 신호를 알아듣지 못하는 게 문제였다. 죽을 듯한 피로감은 가장 확실한 간의 목소리였다. 허리 통증이 간장병 신호일 줄은 꿈에도 몰랐다. 병원을 아무리 다니고 돈을 써도 허리 통증의 원인을 못 찾았다. 그런데 수술 후 자연치유와 함께 싹 사라졌다.

평생 달고 살 운명인 줄 알았던 알레르기 비염도 B형 간염 항체가 생긴 후부터 깨끗이 사라졌다. 수시로 앓아누워야 했던 감기며 몸살도 그야말로 잊힌 계절이 됐다. 불규칙적인 배변, 헛배 부름, 차가운 손발, 추위 타는 것, 가슴 답답한 것… 간은 숱한 메시지를 보냈지만 내 수신 능력이 '먹통'이었던 셈이다. 그런 의미에서 '간질환의 자각증상'을 정리할 필요가 있겠다.

절판된 책이지만 김응태의 《간질환 고치는 기적의 식이요법》이 잘 정리해주었다. '2개월 시한부 말기 간암을 고치고 25년째' 사는 암 생존기였다. "누우면 죽고 걸어 다니면 산다"가 저자의 생활지침이었다. 그의 운동과 식이요법은 내 것과 닮은 점이 많았다.

니시 의학자 코다 미츠오의 《간장병 나는 이렇게 고친다》도 간질환 자각증상을 보여주었다. 대개 환자들은 '무엇'을 먹어야 하는지 묻기 쉽다. 그러나 책은 단식, 자연식, 생채식, 소식 등 먹는 이야기를 하되 '어떻게'를 강조한다. 식이요법뿐 아니라 풍욕, 냉온욕, 붕어운동, 모관운동 등 현대 의학으로 낫지 않는 사람들을 위해 자연 건강법을 소개해 주었다.

간질환(간염, 간경화, 간암)의 자각증상

-소개한 두 권의 책과 내 경험을 종합하여 정리한다.

1. 피로감 극심. 눈이 자주 감겨도 숙면을 취하지 못한다.
2. 변비가 심하고 변 양이 적고 가늘고 수분이 없다.
3. 소변이 노란색이며 횟수가 잦아진다.
4. 소화가 되지 않고 속이 더부룩하다.
5. 식욕 없음. 먹지만 뒤가 좋지 않고 명치가 무지근하다.
6. 혀에 백태가 낀다. 입에서 악취가 난다.
7. 눈이 쉽게 피로하고 간지럽기도 하며 빠지는 것 같다.
8. 기억력이 매우 떨어진다.
9. 불면으로 밤이 고통스럽다. 식후 졸림. 끊임없이 졸음이 온다.
10. 잠을 자도 피곤. 어깨나 목이 잘 결린다.
11. 항상 허리가 아파 누워 있기 힘들다. (흉추 4번, 8번)
12. 입술이 항상 습기 없이 메마르다.
13. 몸에 열이 많다. 식은땀이 흐른다.

14. 손발이 얼음장 같다. 찬 바닥에 못 눕는다.

15. 피부가 거칠다.

16. 항상 머리가 아픈데, 오후 5시 이후 심하다. 머리가 무겁고 개운하지 않다.

17. 등, 목, 가슴에 검은 반점 혹은 붉은 반점. 목 부근의 피부가 우둘투둘하다.

18. 몸이 간지럽다.

19. 머리카락이 많이 빠진다.

20. 음식을 먹은 후 배 아픔. 설사를 자주 한다.

21. 방귀가 자주 나오고 냄새가 독하다.

22. 식사 후 헛배가 부른다.

23. 현기증이 자주 난다.

24. 뒷골이 아프다.

25. 가슴이 두근거리고 답답하다. 숨이 막히고 자꾸 한숨이 난다.

26. 옆구리가 결린다.

27. 얼굴에 기미가 끼며 검어진다.

28. 손바닥이 황색화한다. 붉은 반점이 보인다.

29. 다리에 힘이 없다. 무겁고 나른하다.

30. 손발에 쥐가 자주 난다.

31. 몸무게가 계속 줄어든다.

32. 치아가 약해진다.

33. 손발에 못이 단단하게 생기며 땀이 많이 난다.

34. 신경질이 자주 난다.

35. 아침에 일어나기가 힘들다.

36. 배 안에서 소리가 많이 난다.

37. 기름진 음식이 받지 않는다.

38. 삼복더위에도 찬물로 목욕하지 못한다.

39. 통풍이 안 되는 옷을 입을 수 없다. (가죽, 나일론 등)

40. 정력이 완전히 없어진다.

41. 오른쪽 유방부나 견갑골부에도 신경통을 느낀다.

42. 자신감이 없어 장래에 대해 매우 비관적이게 된다.

43. 복수가 찬다.

44. 알레르기 비염 등이 낫지 않는다.

미슐랭
별 세 개

나는 지금 경북 영덕 칠보산에 자리한 '자연생활교육원'에 있다. 9박 10일 일정 중 5일 차 아침을 맞았다. 자연생활교육원이란 '자연식 건강요법 체험' 시설이다. 암, 당뇨, 고혈압, 간염 등 생활습관병과 자가면역병이 있는 사람들이 휴양 오는 곳이다. 정갈하고 맛있고 건강한 자연식을 먹을 수 있다. 칠보산의 맑은 공기, 푸른 소나무숲, 동해, 그리고 햇빛과 맑은 물과 함께 자연치유가 절로 되는 곳이다.

이곳을 처음 방문한 때는 간암 수술 후 6개월이 된 2015년 1월이었다. 암 자연치유 체험기 《나는 살기 위해 자연식한다》를 읽고 저자가 운영하는 이곳을 찾았다. 암수술 후 목숨 걸고 자연식 편식한다는 남자와 자연식 전문가인 그의 부인을 사귈 수 있었다. 이후 내 몸은 나날이 좋아졌다. 2020년 11월에 다시 온 뒤 2021년 2월 지금, 세 번째 와서 묵고 있다.

자연생활교육원의 일과는 단순하다. 세끼 식사 시간 외에는 정해진 게 없다. 입소자들이 팀을 나눠 수준에 맞게 오전에는 주로 등산을 한다. 평일 저녁 식사 후엔 송학운 원장의 30분 건강 강의가 있다. 병원이 포기한 대장암, 직장암 환자가 어떻게 30년을 건강하게 살고 있는지 노하우를 나눠준다. 이러니 개인 상담을 위해 찾아오는 사람이 많을 수밖에.

이곳에 환자들만 오는 건 아니다. 힐링 여행 목적으로 2박 3일, 4박 5일 휴가를 보내는 가족들을 쉽게 볼 수 있다. 믿을 수 있는 재료로 만든 건강하고 맛있는 채식 밥상을 찾아오는 사람들. 바쁜 도시 생활에서 벗어나 몸을 쉬는 사람들. 이곳의 자연환경과 규칙적인 생활에 사람들과의 사귐이 더해지면, 최고의 자연치유제가 되기 때문일 것이다.

나는 여기서 쉬며 운동하고 글 쓰고 사람 사귀는 한량이 된다. 그 유명한 미슐랭 별점을 떠올리곤 한다. 《미슐랭 가이드》에서 식당 및 호텔을 평가해 매기는 별점 말이다. 평범한 손님으로 가장한 암행어사들이 한 식당을 1년 동안 5~6차례 방문한다. 음식 맛, 가격, 분위기, 서비스 등을 토대로 식당을 엄선해서 그중 좋은 식당에 별을 부여하면, 그

곳은 미슐랭 식당의 명예를 얻게 된다. 미슐랭 최고 평가는 별 세 개다.

별 한 개★ : 요리가 특별히 훌륭한 식당.
별 두 개★★ : 요리를 맛보기 위해 멀리 찾아갈 만한 식당.
별 세 개★★★ : 요리를 맛보기 위해 여행을 떠나도 아깝지 않은 식당.

최고 점수는 '요리를 맛보기 위해 여행을 떠나도 아깝지 않은 식당'이 받는다. 자연생활교육원의 건강 자연식을 감히 미슐랭이 따라오랴. 미슐랭 별점을 세 개 줘도 모자란다는 게 내 생각이다. 이곳이야말로 자연식 요리를 먹기 위해 오는 최고 여행지니까. 경북 영덕 칠보산까지 9박 10일 일정으로 전국 각지와 해외에서 사람들이 찾아온다. 이곳의 자연식을 한 번도 못 먹은 사람은 있어도 한 번만 먹은 사람은 없다는 게 정설이다.

아침과 점심에는 18가지, 저녁은 그 절반 정도 가짓수로 음식이 나온다. 이곳에 오면 나도 모르게 느긋하게 식사를 즐기게 된다. 예술 작품을 감상하듯 말이다. 쫓기지 않고 꼭꼭 씹어 식재료 본연의 맛을 즐기는 식사가 자연스럽다. 채식만으로도 영양 풍부한, 오감을 깨우는 음식…. 평소 아침을 안 먹는 나도 이곳에선 예외로 몇 번은 즐긴다. 부엌 싱크대를 떠나온 아줌마들에겐 몇 곱절 치유의 시간이다. 천천히, 자신을 돌보는, 꿈의 밥시간이다.

이곳에도 옥에 티는 있다. 과식의 위험이다. 음식 가짓수도 양도 순전히 내 몫이 된다. 나는 집에서와 마찬가지로 '한 접시'를 지키며 먹고 있다. 푸짐한 점심도, 단출한 아침과 저녁도 접시 하나로만 끝내기! 소복한 점심 접시를 보노라면 살짝 부끄러워지곤 한다. 에이~ 그러지 마. 대신 아침, 저녁은 헐렁하게 먹잖아….

9박 10일 내내 그렇게 위로하며 맛있게 먹는 이곳을 나는 '자연생활교육원'이라 쓰고 '미슐랭 별 세 개'라 읽는다.

머리를 밀다

암수술 후 내 삶에 달라진 점이 뭐가 있을까? 시각적으로 보이는 변화는 흰 머리카락이겠다. 자연치유를 본격적으로 생활에 적용하면서 나는 염색을 졸업했다. 화장도 안 한다. 암수술 후 8년이 지난 지금까지 반백의 짧은 머리카락으로 살고 있다. 거창한 뜻은 없었다. 시작은 순전히 친구 따라 강남 가기였으니까.

2015년 2월 제천의 한 숲속 시설에서 한 달간 요양할 때였다. 매일 일정하게 운동하고 자연식 먹고 자연치유를 실천하는 일이 일상이었다. 암친구를 사귀고 정보를 주고받는 건 특별한 일이 아니었다. 폐암, 유방암, 위암, 췌장암, 간암, 자궁암, 난소암, 설암…. 세상의 모든 암환자가 거기 있었다. 다만 항암제 후유증으로 머리카락이 없는 사람들 사이에서 숱 많고 검은 염색머리인 나는 '소수자'였다.

그날은 쉰세 번째 내 생일이었다. 전날 저녁 가족이 내가 있는 곳으로 와서 자고 오후에 떠났다. 가족이 탄 차가 멀어져가는 모습을 바라보며 서 있자니 나는 요양환자란 걸 실감하지 않을 수 없었다. 서쪽 하늘 노을이 그날따라 쓸쓸하게 질어가고 있었다. 열심히 관리해서 건강한 일상으로 돌아가겠노라 마음을 다잡으며 돌아서는데, 역시 가족을 보내고 돌아서는 E가 나를 따라왔다.

"언니, 나 몸이 별로 좋아지는 거 같지 않아. 애들도 걱정이고. 어떡해야 할까?"

평소 남다른 유머 감각으로 사람들을 웃기던 E가 기운 없는 목소리로 말했다. 내 방까지 따라 들어온 E는 머리에 쓰고 있던 두건을 벗어버렸다. 민머리가 전등 아래에서 반들거렸다. 나는 두 팔 벌려 E를 안으며 한 손으로 그의 민머리를 쓰다듬었다.

"그래. 힘든 시간 잘 견뎠어."

숱 많은 내 머리가 문득 민망해지는 순간이었다. 암수술만 하고 자연치유로 들어선 나는 E 앞에서 전혀 환자가 아니었다. 하루가 다르게 몸이 기운을 찾던 때라 내게 곁을 내주는 E가 진심으로 고마웠다. 항암치료 후유증에 합병증, 전이 암에 또 항암치료, 기약할 수 없는 일상 복귀, 이것이 객관적인 E의 상태였다. 그를 안아주는 것 말고는 함께할 게 없었다.

"나도 머리 싹 밀어버릴까?"

생각해본 적 없는 말이 입에서 불쑥 나왔다. E의 눈을 마주 보며 덧붙여 말했다.

"나만 머리숱 많은 게 싫었거든…."

주워 담을 수도 없었다. E가 망설임 없이 반응했기 때문이다.

"꺄~ 좋아! 콜! 콜!"

개구쟁이처럼 생기발랄해진 우리는 바로 이발 담당 직원

을 방으로 불렀다. 머리에 이발기가 닿던 그 순간을 잊을 수 없다. 검은 머리카락이 순식간에 방바닥에 떨어져 쌓이고 나는 희끗희끗한 민머리가 됐다.

"나무 관세음보살~~ 스님은 어느 절에 계신지요?"

"예, 항암사에서 왔습니다만…."

머리카락 없는 암친구끼리 하는 우스개를 제대로 주고받을 수 있었다. 시원섭섭하고도 까슬까슬한 민머리의 느낌. 수십 명 민머리 사이에 나도 그들 중 하나가 됐다. 역사적인 민머리를 기념사진으로 남기고 SNS에 올리며 우리는 한참 놀았다.

생긴 대로 살자

머리를 밀고 덤으로 알게 된 사실이 있다. 머리카락 없는 내 머리통이 나름 멋있다는 것. 그날 이후 회색 짧은 머리로 살며 얻은 건 또 있다. "염색 좀 하지?", "너무 없어 보이잖아.", "염색하면 더 젊어 보일 텐데…." 사람들의 '아낌없는'

조언이었다. 무엇을 버리고 무엇을 취할지… 선택은 과연 내 것이었나? 이런 거창한 질문이 떠나지 않았다. 그럴 때마다 다짐하곤 했다. 어차피 이리된 거, 까짓것, 생긴 대로 살자!

아주 가끔 그때 시원한 민머리의 추억에 잠긴다. 암친구들과 반들거리는 머리통을 쓰다듬으며 주고받던 끈적한 유머도 떠오른다. 두건을 훌러덩 벗어던지고 스님 흉내를 내던 E가 생각나곤 한다. 아직 잘 모르겠다. 머리를 밀어버리고 싶던 그 충동의 정체가 무엇인지를. E와의 우정인지, 암환자 연대인지, 이유 없는 광란인지, 곧 폭발할 갱년기 분노의 암시였는지 모르겠다.

민머리가 되고 두 주 후 나는 집으로 돌아왔다. 그러고는 과감히 직장에 사표를 내고 자연치유의 길로 한 걸음 더 내디뎠다. 반면 몇 달 후 E는 상태가 나빠져 안산 인근 병원에 입원했다. E를 문병하고 누워 있는 그의 민머리에 입 맞추었을 때, E는 농담할 기운조차 없는 상태였다. 며칠 후 E는 먼저 하늘나라로 떠났다.

"E야, 그곳은 어때?"

단식을 하다

제천에서 한 달 요양한 뒤 3월 초순 집으로 왔다. 몸과 마음에 힘이 붙고 달라지고 있음을 느낄 수 있었다. 직장에 비워 둔 내 자리가 마음에 걸렸다. 과연 병가를 또 쓸 수 있을까? 내 몸과 영혼이 원하는 건 오직 자유였다. 자유 없이 치유는 없다고 마음이 날마다 말했다. 내가 가고 싶은 길을 한영 성경 구절과 함께 다이어리에 또박또박 남겼다.

2015년 3월 7일(토)

1. 내가 좋으면 좋고 싫으면 싫은 거다. 내가 주체로 산다.
2. 여전히 가난한 생활이 힘들겠지만, 직장은 사표 낸다.
3. 내 몸과 맘 외엔 어디에도 안 매이는 자유인이 된다.
   그리스도께서 우리를 자유롭게 하려고 자유를 주셨으니 그러므로 굳건하게 서서 다시는 종의 멍에를 메지 말라. It is for freedom that Christ has set us free. Stand firm then, do not let yourselves be burdened again by a yoke of slavery. (갈라디아서 5:1)

무급이든 유급이든 내게 자유로운 병가를 보장할 시스템이 없으니, 자발적 퇴사가 길이었다. 허접한 직장이라는 게 이럴 땐 참 좋았다. 내가 백수가 된다는 건 덕이 경제적 짐을 전담한다는 뜻이다. 나는 누구에게도 미안해하지 않기로 했다. 사회복지사 직장생활이 '질병 사직'으로 마침표가 찍혔다. 놀랍게도 아쉬움도 미련도 없었다. 매일 아침을 설레는 마음으로 맞이했다. 운동하고 책 읽고, 몸 돌보며 나는 몸 공부에 열중했다.

뭐? 단식을 3주씩이나?

급한 공부 주제는 '단식'이었다. 제천에서 추천을 받았기 때문이다. 나보고 3주 단식을 해보면 어떻겠냐는데, 도대체 마음에 와닿지 않았다. 암환자가 어떻게 3주씩이나 단식한다는 건지 상상할 수 없었다. 나는 금식기도도 안 해본 '날라리 신자' 아니던가. 그런데 무시해버리기엔 단식이 솔직히 궁금했다. 도대체 뭐길래, 해보라는 걸까? 책을 찾고 스스로 공부하는 길 외엔 답이 없었다.

《테라피스트》, 표병관, 몸과문화
《사람을 살리는 단식》, 장두석, 정신세계사
《단식》, 폴 C. 브래그, 건강신문사
《내 몸이 최고의 의사다》, 임동규, 에디터
《장이 편해야 인생이 편하다》, 가미노가와 슈이치, 김영사
《아침 단식 암도 완치한다》, 이시하라 유미, 부광

단식 전후로 읽은 책을 요 정도로 추린다. 결론은? 단식은 도전할 가치가 있어 보였다. 내가 몰랐을 뿐 단식은 인류 역사상 가장 오랜 자연치유법이었다. 《테라피스트》, 《사람을 살리는 단식》, 그리고 《단식》이 구체적인 안내서였다.

《테라피스트》의 저자 표병관은 B형 간염 보유자에 간경화를 오래 앓은 사람이었다. 단식으로 B형 간염 항원이 소실되고 건강하고 강한 몸이 된 이야기를 의료소설로 썼다. 아토피 아이들과 보호자가 단식캠프에서 약 없이 낫는 과

정을 이야기하는 대목이 참 인상적이었다. 구당 김남수의 자연의학이 의료계 밥그릇 싸움에 밀리는 이야기가 오랜 여운으로 마음에 남았다.

책이 말하는 단식의 원리를 정리하면 이렇다. 음식이 들어오지 않으면 몸은 소화에 에너지 쓸 일이 없어진다. 체온 유지와 배설 등 기초대사와 항상성만 유지하면 된다. 혈관과 호흡기 장기는 계속 움직인다. 장기 내 찌꺼기가 이 과정에서 배출된다. 기초대사에 필요한 에너지원은 몸에 있는 잉여 영양분이다. 장내 찌꺼기, 지방 등도 쓰이는데 모자라면 단백질도 쓰인다. 몸속 종양이나 암덩이가 이 과정에서 타서 없어질 수 있다. 단식으로 B형 간염 바이러스, 암세포, 각종 종양이 사라지는 원리다. 배고픔을 견딜수록 몸의 면역력이 강해진다.

민족의학자 장두석의 《사람을 살리는 단식》은 본격 단식 지침서라 할 수 있다. 제4장 간장과 간장병에 대한 결론은 한마디로 이것이다. "단식이 간장에 가장 강력한 효과를 미친다." 폴 C. 브래그의 《단식》도 치료뿐 아니라 건강을 관리하는 원리로 단식을 잘 소개한다. 팔십 평생 단식을 생활에서 실천한 저자의 경험과 지혜가 잘 정리돼 있다. 임동규의 《내 몸이 최고의 의사다》 역시 자연의학 정신에 충실하

게 단식을 안내한다. 예를 들어 '내가 만약 암에 걸렸다면?' 이라는 장에 이런 문장이 있다. "회개하고 몸을 청결히 한다는 마음으로, 곧바로 죽을 각오로 가능한 한 오래 단식한다." 와~ 죽을 각오로 단식하는 게 살길이라니. 역설이렸다.

단식 못 할 이유가 있을까?

그럼, 나는 단식을 어떤 치유 목표로 할까? 두말하면 잔소리. B형 간염 항체 형성이었다! 《테라피스트》 책에 나오는 내용처럼 단식 후 내 몸에서 과연 B형 간염 항원이 소실되고 항체가 생기는지, 꼭 보고 싶었다. 히포크라테스의 말대로 "내 안에 사는 100명의 의사"가 깨어나 스스로 내 몸을 치료하는지, 직접 경험해보고 싶었다. 단식이 내 간에 강력한 치유 효과를 발휘하는지, 나를 살리는 치료법인지 직접 경험해보기로 했다.

3주 효소 단식 일기

암(癌), 뫼 산(山) 자 위에 입 구(口) 자가 세 개

'암(癌)'이란 글자를 누군가는 이렇게 풀었다. "산처럼 많이 먹어서 암이 되었다." 산처럼 먹어서 암에 걸린 사람이 바로 나란 듯, 양심을 콕콕 찌르는 표현이었다. 단식이란 내가 좋아하고 잘 먹는 '밥'을 끊어야 할 수 있는, 내겐 '너무 먼 당신'처럼 보였다. 좀 거창하게 표현하자면 단식은 '급진적인' 치료행위요, '불온한' 사상이 아닐 수 없었다.

나는 2015년 3월 16일 서천 '산들 산야초 효소 단식원'에 들어갔다. 집에서 하려니 도저히 자신이 없었기 때문이다. 간암 절제 수술 후 8개월, 직장 생활 11년 만에 자유인이 된 직후였다. 수십 권의 관련 책을 읽고 열심히 공부한 후 나름 진지하게 결정한 길이었다. 돌아볼수록 용기백배요, 절

박한 '생존 욕구'였다. 나는 4월 5일까지 3주간 효소 단식을 하고 이어서 3주간 보호식을 했다. 내 생애 처음 경험하는, 진심으로 낯선 자연치유의 길이었다.

단식하니 밥과 멀어졌다!

단식은 밥에 매인 삶으로부터 해방을 뜻하기도 했다. 평소 내 삶은 밥을 둘러싸고 자전하고 공전하는 삶 아니던가. 그런데 단식원에서 나는 밥을 잊었다. 내 이름은 자연치유 실천가, 학습자, 의사, 간호사, 트레이너, 그리고 자기돌보미였다. 한마디로 나에 의한 나를 위한 내가 하는 자연치유였다. 단식 매뉴얼을 따르며, 책을 읽고 관찰하며, 아침부터 밤까지 모두 내가 알아서 했다.

하루 몇 번씩 효소를 마시고 쉼 없이 배설했다. 매일매일 몸을 관찰하고 기록했다. 몸과 마음이 원하는 대로 산야를 돌아다니며 맘껏 좋은 공기를 마시고 햇볕을 쬐며 놀았다. 단식하며 절실히 알 수 있었다. 자연치유가 내게 맞는 길이라는 것을. 단식은 내가 그토록 목말라하던 자유의 길이었다. 그 누구의 통제도 지시도 필요 없었다. 몸을 스스로 돌보고 몸을 믿고 자신을 믿고 주도적으로 하는 모험이었다.

길치인 내가 낯선 길에 들어섰다는 게 가끔 믿어지지 않았다. 처음부터 끝까지, 전혀 가본 적 없는 길이었다. 그만큼 안내 지도가 필요한 길이었다. 단식 첫날 단식원 자료에서 낯익은 두 이름을 만났다. 곤도 마코토, 이마무라 고이치. 책에서 읽은 사람들이 단식 길동무이자 나침반으로 나타난 셈이었다. 그들은 나를 통제하지 않았다. 매순간 용기를 주고 지지했다. 다른 누구도 무엇도 아닌 나를 믿고 나아가라고 했다.

> "의료에서든 어디에서든 판단을 다른 사람에게 맡기는 순간 자신의 입장은 철저히 약해진다." -곤도 마코토

> "암에서 목숨을 건진 사람은 의사에게 버림받은 사람과 의사를 버린 사람뿐이다." -이마무라 고이치

놀랍지 않은가. 이전에 나는 어떻게 살았더라? 나란 존재를 과연 믿었던가? 나는 판단을 다른 사람에게 맡기고 살던 사람이었다. 명시적이건 암묵적이건 나보다 힘이 우위에 있는 누군가에게 나를 굴복시키며 의탁하는 삶. 가장 큰

힘은 신의 이름을 대리하는 누군가였다. 아~ 나를 믿지 않고 나를 하대하고 나를 부정하는 삶. 그러고도 내가 나를 지으신 창조자를 믿는다고 할 수 있을까? 내 안에서 어떤 힘이 솟아나 나를 다시 살게 하고 있었다. 나는 내 몸의 의사로서, 내 몸의 창조주와 함께 새 길을 가고 있었다.

단식원의 하루는 아침 5시 반 풍욕으로 연다. 불을 끈 채 거실 창문을 활짝 열어 찬바람이 들어오게 한다. 알몸으로 담요 위에 앉는다. 음악에 맞춰 담요 한 장을 몸에 덮었다 걷었다 한다. 안내 음악에 따라 가벼운 스트레칭과 체조를 한다. 30분간 몸 전체 피부로 산소를 마시고 탄소를 배출하는 시간이다. 풍욕 후 마그밀 4알을 물과 함께 삼킨다. 천일염을 조금 먹기도 한다. 7시 간단한 예배 후 두어 시간 걷거나 산을 탄다. 오후엔 바이오포톤 온열 기구 쬐기, 독서와 글쓰기, 정원일 거들기, 봄나물 뜯기 등으로 자유롭게 보낸다.

단식 기간에 내 몸이 그렇게 많은 변을 내보낼 줄 이전엔 상상하지 못했다. 솔직히 매일 충격이었다. 내 몸속 어디에 그런 찌꺼기가 숨어 있었는지, 신비요 경이였다. 시간이 갈수록 몸이 가벼워지고 힘이 넘치는 것도 신기했다. 매일 두 시간 이상 어떤 날은 세 시간 걷고 땀 흘려도 전혀 피곤하지 않았다. 뒤로 갈수록 기분이 하늘을 날 듯 좋았다. 단식 초

반 두려움이 엄습할 때도 있었지만 명현반응•으로 확인하고 넘어갈 수 있었다.

단식 일기를 공개하자니 알맹이가 부족한 게 아쉽고 부끄럽다. 기록하고자 하는 의욕은 있었으나 그때는 전체적인 감이 모자랐음을 고백한다. 처음 가는 길, 전전긍긍, 더듬더듬, 날마다 새로운 시작이었기 때문이다. 체중은 단식 첫날 47.5킬로그램이었고 3주 끝날 때 44킬로그램이었다. 집에서 예비 단식을 이틀 하고 왔기 때문에 좀 비운 상태로 시작한 셈이다. 3주 단식 일기 중 몇 개만 가져온다.

3월 25일(수) 단식 10일 차

45.3kg. "암환자로서 단식 21일까지 해도 안전한지? 쉬었다가 다시 하면? 체력 급격히 떨어진다거나 문제 발생할 우려는 없나?" 덕이 전화로 걱정하며 여러 문제를 제기했다. 고민할 만했다. 치료적 장기 단식 경험

• 몸이 치료되는 과정에서 나타나는 일시적 반응이다. 근본적인 치료가 이루어질수록 반응이 강하게 나타날 수 있으나 마침내 치료되는 과정이라 보는 관점이다. 《사람을 살리는 단식》에 단식 명현반응과 대처법이 상세하게 나온다. 사람에 따라 다른 정신적, 육체적 고통을 경험한다. 현대 의학과 한의학에서 명현반응은 논쟁적인 개념이다.

자가 내 주변에 없어 아쉽다. 책과 인터넷 참고하며 묵상과 기도하며 간다. 내 몸은 할 만하다는 결론이다. 3주 끝까지 하되, 언제라도 위험하다 싶으면 중단하는 것으로.

3월 29일(일) 단식 14일 차

44.9kg. 맑음. 새벽안개 미세먼지 나쁨. 숙변 배출 위해 주열기 두 시간 쬐며 배 주무르고 마사지. 하수구 냄새 역한 똥물과 부유물 있는 변을 계속 쏟아냈다. 6~7미터 된다는 장 속에 찌꺼기가 얼마나 끼었길래 아직도 이렇게 쉼 없이 나오는가. 내 숙변은 이런 정도인가 보다.

4월 5일(일요일) 단식 21일 차

44.0kg. 오후 비. 3주 단식 마지막 날. 아침 풍욕. 약간 흐리나 비 온 뒤 깨끗하고 상쾌한 봄 공기가 너무 좋다. 지저귀는 새소리에 깬 부활주일 아침이다. 단식은 죽음과 부활의 은유, 육체를 비우고 다시 살기. 내 몸은 얼마나 새롭게 되었을까? 사랑하는 딸과 함께라 더 즐겁게 보낸 3주였다. 감사 또 감사!

단식
도로아미타불?

3주 단식이 끝나고 보호식이 이어졌다. 2015년 4월 6일이었다. 보호식(보식)이란 단식으로 비운 새 몸으로 먹는 음식을 말한다. 단식 후 몸은 거친 음식을 받아들일 준비가 안 된 아기 몸이라 보면 된다. 조금씩 절제해서 몸을 보호하며 먹어야 하니 보호식이다. 최고의 의사인 내 몸의 소리에 귀 기울이며 먹는 게 핵심이다. 기왕이면 먼저 한 사람이든 책이든 곁에 있으면 좋다. 가본 적 없는 낯선 길이라서다. 보호식을 하는 동안 나는 돌다리도 두드려 보고 건너는 심정으로 날마다 새로 한 걸음씩 걸었다.

"단식의 효과는 보호식이 70% 결정한다." 단식 안내 책자에서 눈에 들어온 한 문장이다. 70을 나는 100이라 읽기로 했다. 장두석의 책 《사람을 살리는 단식》은 보호식으로 "십 년 공부 도로아미타불"이 된다고 했기 때문이다. 단식을 잘 끝내도 회복식을 잘못하면 소용없는 정도가 아니다. 보호식을 잘못하면 생명에 위협이 된다는 강한 경고였다.

백번 고개를 끄덕이며 명심해야 했다. 단식은 진입장벽이 있는 치유법일 수 있다. 무슨 일이 생길지 모른다는 두려움이 따르기 때문이다. 음식을 안 먹으면 몸이 나빠지리라는 두려움부터가 넘기 힘든 벽이다. 모르는 일이니까. 돌아보니 나는 큰 어려움을 모르고 3주 단식을 마친 것 같다. 며칠 배고픔과의 싸움과 그다음 낯선 명현반응 정도가 전부였다. 어차피 먹을 일이 없으니 문제될 게 거의 없었기 때문이다.

그러나 보호식은 오랜 굶주림 뒤에 먹는 음식이다. 몸이 얼마나 먹고 싶겠는가. 미각이 살아나고 식욕이 넘치기 때문에 훨씬 절제해야 한다. 양과 질을 지키고 먹는 방법 또한 엄격하게 지켜야 한다. 안 먹듯 적게, 완벽하게 씹어서 천천히 먹어야 한다. 끼니마다 작은 전투요, 수행이었다. 하루 이틀도 아니고 3주였다. 그만큼 보호식 기간에 유혹과 복병이 많다는 뜻이다.

단식도 보호식도 내 본성을 거스르는 길이었다. 푸짐하게 배불리 먹어야지, 소식이 뭐란 말인가. 집 안팎에서 일하랴, 애들 셋 젖 먹여 키운 사람치고 밥 천천히 먹는 경우가 있던가? 더구나 나는 음식을 해도 뚝딱, 무슨 일이든 재바르게 해치우는 사람이었다. 아침밥은 무조건 먹는 게 우리 집 문화였다. 단식 보호식과 함께 이 모든 건 버려지고 바뀔 문화였다.

3주 단식에 이어 보호식 5일까지 나는 단식원에 있었다. 보호식 6일 차에 집으로 돌아와 3주를 마저 채워 마쳤다. 보호식은 한 주 단위로 단계를 조금씩 바꿔 음식 양을 늘려 먹었다. 묽은 죽 3분의 1공기에서 시작해서 둘째 주 진한 죽 반 공기까지, 마지막 주 끝엔 된 죽 한 공기까지 먹었다. 생채소 또는 익은 채소를 곁들여 꼭꼭 씹어 먹었다. 3주 차엔 한 끼의 반 이상을 생채식으로 먹었다.

보호식은 소식해야 하는 점과 오래 씹어야 하는 점 때문에 어려웠다. 익숙한 것과 정반대 습관을 들여야 했기 때문이다. 몇 숟가락으로 해치울 양밖에 안 되는 적은 밥을 씹고 씹어 한 시간 동안 먹기. 삼키고 싶어도 참고 씹어야 한다. 왜? 씹지 않고 삼킨 죽과 입에서 곤죽이 되도록 씹어 삼킨 밥, 둘 중 어느 쪽이 몸에 부담을 주지 않을까? 당연히 곤죽이 되게 씹은 쪽이다. 결국 무엇을 먹느냐보다 어떻게 먹느냐가 관건이다. 식사 시간이 길어지고 느긋해질 수밖에 없는 이유다. 그렇기에 소식은 가장 많이 실패하는 가장 어려운 자연치유법이라 할 수 있다.

그렇다고 보호식이 어렵기만 했냐 하면 천만의 말씀이다. 3주 단식과 보호식을 거치면서 나는 새로운 습관을 들이고 있었다. 반복과 연습으로 운동이 몸에 익듯 먹는 생활도 그랬다. 무조건 몸의 소리를 따르며 먹는 생활을 반복했다. 허겁지겁, 많이, 아무거나 먹어 치우는 일이란 있을 수 없는 일. 음미하며 즐기며 천천히 먹게 됐다. 나와 딸만이 아니라 차츰 다섯 식구가 1일 2식을 하게 됐다. 《아침 단식 암도 완치한다》처럼 아침을 단식하는 가족 문화가 만들어졌다.

아침을 안 먹으면 우리 몸은 전날 먹은 음식을 마저 소화하고 배설하는 데 집중한다. 잘 비워보면 알게 된다. 찌꺼기를 남기지 않는 게 몸에 얼마나 좋은지. 아침 시간이 세상 여유로워지는 것도 장점 중 하나다. 아침에 물 한두 잔 마시고 운동해보라! 날아갈 듯 가벼운 몸에 힘이 넘치는 아이러니를 경험할 것이다. 보호식, 그건 새로운 기적의 나날이었다.

보호식 기간에 체중은 느는 법이 없었다. 규칙적으로 운동하고 잘 배설하니, 쌓일 게 없겠지. 조금씩 늘려서 먹는다 해도 어차피 소식을 추구하니 단식 전 체중까지 가는데 1년 반이 더 걸렸다. 회복한 48킬로그램을 지금까지 유지하고 있으니, 이게 내 몸에 맞는 체중인 게다.

보호식 하던 때의 일기를 몇 편 공개한다. 처음 가는 길이라 전전긍긍했지만 그래도 용감하고 자기주도적인 내가 보인다. 알레르기 비염에 관한 기록도 보인다. 평생 코를 훌쩍이며 살 팔자려니 하던 때였다. 이후 B형 간염 항체가 생기고 몸이 달라지면서 비염은 사라진 옛이야기가 됐다.

4월 7일(화) 보호식 2일 차

43.9kg. 맑고 쌀쌀. 아침에 효소 두 잔.

점심- 묽은 죽 1/3, 맑은 청국장 조금, 물김치.

저녁- 묽은 죽 1/3. 두부된장국, 물김치, 개망초 나물.

단식원 손님이 많아 원장님이 분주했다. 손님들 식사 준비하느라 손이 모자라 보였다. 맘이 편치 않아 내가 주방에 들어갔다. 보호식을 챙겨 식탁에 앉았는데 주방이 분주해 쉼이 안 됐다. 집에 가서 하는 게 낫겠다. 다음 끼니부턴 황토방에서 따로 먹기로 했다.

4월 22일(수) 보호식 17일 차

44.5kg 아침에 생강홍차 두 잔.

모듬채소김밥을 10줄 쌌다. 아들들 아침, 막내랑 덕이

도시락, 딸과 나는 점심으로 먹었다. 현미와 맵쌀 혼합 밥, 개망초 나물, 고들빼기, 냉이, 아스파라거스, 당근, 무절임으로 싼 김밥. 너무 맛있었다. 아직 보호식 중인데, 된 죽 먹기 싫증 나서 채소김밥에 도전했다. 행여 거친 음식일까 조심스러워서 한 시간 동안 씹어 먹었다. 저녁엔 생채소 샐러드 한 접시, 과일 한 조각, 익힌 채소를 조금 먹었다. 생채식 비중 늘려가는 보호식이 즐겁다.

4월 25일(토) 보호식 20일 차

44.5kg. 상태 좋은 아침 쾌변. 덕과 둘이 도시락 싸서 산에 갔다. 낮은 언덕에서 봄나물을 뜯었다. 칡순, 쑥, 지칭개, 명아주, 광대수염, 쇠뜨기, 고들빼기. 숲에서 점심을 먹었다. 아기 손바닥처럼 가지각색 나풀거리는 초록잎 사이로 봄 햇살이 눈부시게 비쳤다. 달콤한 공기 맛. 산벚나무가 눈꽃인 양 우리 위로 하얗게 떨어졌다. 밀양 쑥떡, 단호박, 배, 우엉, 표고조림, 무말랭이. 무염무설탕 쑥떡이 얼마나 맛 좋은지! 큰며느리 암수술이 시어머니께 얼마나 무거울지. 건강하기만 하란다. 알레르기 비염 계절. 콧물이 흐른다.

치유 혁명

3주 보호식 후 나는 본격적으로 재택 자연치유 생활에 들어갔다. 스스로를 "자연치유 학교 학생"이라 여기기로 했다. 내가 택한 자기주도 자연치유는 병원과 약 대신 자연을 학교 삼아 공부하며 실천하는 길이었다. 내 몸이 곧 선생이자 학생이었다. 누구도 우리 사이에 끼어들거나 간섭하지 않았다. 몸을 믿고 가는 길이자 몸이 스스로 치유자가 되는 길이었다. 내 몸은 내가 접수했으니까!

하루 24시간 오롯이 나를 위해 살아보기, 자연치유 덕분에 그 꿈이 이루어졌다. 남을 위한 '헌신'도 내가 있어야 할 것 아닌가. 몸이 삶의 우선순위 1번이 되니 나머지 생활이 저절로 재편성됐다. 출근도 없고 외부 약속도 없었다. 있다고 한들 몸이 원하고 좋다 하는 것만 했다. 규칙적으로 생활하고 외식도 하지 않았다. 나는 몸의 시계를 따르되 자유롭게 살았다. 유일한 예외인 밥하는 일도 몸과 마음이 즐거워하는 정도만큼만 했다.

고창이었구나

자연치유 학교 학생인 몸에 사라지지 않는 불편함이 하나 있었다. 복부가스였다. 단식 끝나고 초기화된 몸이 자리 잡아가는 과정이려니 했지만 사라지지 않는 게 마음에 걸렸다. 왜 굳이 가스? 보호식 먹는 동안보다 시간이 지날수록 더한 날도 많았다. 아랫배가 빵빵한 불쾌한 느낌. 명현반응이겠거니 해도 안심할 근거가 없었다.

1일 2식을 채식·자연식으로 꼭꼭 씹어 소식하는데, 뭐가 문제인가? 입맛도 좋고 몸도 가볍고 산을 타도 피곤한 줄 모르겠는데. 변의 질도 나날이 좋아지는데. 왜? 환장할 노릇이었다. 내 몸속이 궁금했다. 암 때문에? 같이 단식한 딸도 증상이 같으니 암 때문은 아닌 게다. 치료적 장기 단식 후 이런 일이 있을 수 있다는 확인이 필요했다. 도서관과 인터넷에서 의학적 근거를 찾을 때까지 나는 공부하고 또 기록했다.

2015년 6월 19일(금)

버나드 젠센의 《더러운 장이 병을 만든다》, 참 좋은 책이다! 유레카! 복부가스 이름과 근거를 드디어 찾았다. '고창'이란 개념이 반갑다. 감사 또 감사!! 중요!!!

"식사 후 24시간 이내에 그 찌꺼기를 배설해야 한다."

-존 하베이 케록 박사

《더러운 장이 병을 만든다》에 내가 겪고 있는 복부가스가 '고창(鼓脹)'으로 소개돼 있었다. 정확히 내 몸에 대한 이야기였다. 살면서 한 번도 들은 적 없는 이름이었다. 정리하면 이랬다.

고창이란 장 내에 가스가 가득 찬 상태를 뜻한다. 장 내 환경이 안 좋고 변비, 숙변 등이 있던 장이 자연식, 섬유질, 물 등 좋은 식사를 계속하면 이전보다 가스가 더 차고 헛배가 부르는 증상이 나타난다. 3~6개월간 지속될 수 있다. 이건 두껍게 먼지 쌓인 지하실을 쓸면 쓸수록 공중에 먼지가 많이 날리는 것과 같은 원리다.

좋은 음식에 몸이 오히려 나쁜 반응을 하다니! 말이 안 되는 소리 같지만 나는 설득됐다. 나쁜 환경에 익숙해지면 안 좋은 줄 알면서도 바꾸기 어려운 게 있으니까. 중독에서 벗어나려면 몸이 금단현상을 겪지. 낯선 물과 음식에 배앓이도 하지. 복부가스는 더러움에 절어 있는 내 장기가 대청소로 날리는 먼지란다. 금단현상 또는 명현반응 같았다. 고창은 과연 몇 달에 걸쳐 서서히 사라졌다. 자연치유로 스스로 배우며 치유하는 길은 그랬다. 더듬으며 의심하고 질문하며 돌아돌아 확인하며 초기화된 몸과 내가 보조를 맞추며 걷는 길이었다.

자신을 믿어라

리사 랭킨의 《치유 혁명》에서 자연치유 학생은 용기를 많이 얻었다. 현직 의사가 의학의 한계를 폭로하며 치료법을 뒤집는 책이었다. 저자는 의사로서 현대 의학이 놓친 지점을 조목조목 짚어줬다. 한마디로, 의사와 약이 아니라 환자가 스스로 치료의 주체가 돼야 한다고 했다. 책에 인용된 현대 무용가 마사 그레이엄의 말이 내 귀엔 명의의 지혜로 들렸다. "몸은 말로 할 수 없는 말을 한다." 맞다! 몸이 이끄는 대로 가는 게 몸에 좋은 길이었다.

돌아보면 다 알고 이 길에 들어선 건 아니었다. 나는 전생에 나라를 구한 게 틀림없다. 대형병원 암센터에서 길을 잃은 느낌이었을 때 나는 본능적으로 살길을 찾았을 것이다. 길치에게 이 넓은 세상에서 길 찾기란 얼마나 어려운지. 그러나 놀랍게도 병원과 의사를 버리니 다른 길이 보였다. 책에 따르면, 어쩌다 보니, 나는 치유 혁명의 길에 있었다.

저자가 말하는 치유 혁명은 거창한 개념이 아니다. 혁명이란 게 애당초 이전에 당연히 여기던 것을 의심하고 질문하는 데서 시작하지 않던가. 사소해보이는 시작이 전혀 다른 새 시대를 열어왔다. 내가 절박하게 의심하고 질문한 것들을 고맙게도 책이 정리해준 셈이었다. 저자가 말하는 치유 혁명을 두 문장으로 정리해볼까나?

"자신을 믿어라."

"마음을 치료하라."

오예~~ 고고~~

세상은 넓고 약초는 많다

"병은 한 가지 약은 천 가지."

속담은 생각할수록 천재적인 문학이다. 세상에 수많은 치료법이 있다는 사실에 고개가 끄덕여진다. 누군가는 굼벵이로 간질환을 치료했다는 말을 들었다. 이마무라 고이치는 이런 말도 했다. "암에서 목숨을 건진 사람은 의사에게 버림받은 사람과 의사를 버린 사람뿐이다." 병원 바깥에도 치료법은 있다. 심지어 암은 절로 낫기도 한다. 세상은 넓고 약은 많다.

생각해보자. 현대 의학이 세상을 지배하기 전엔 나라마다 자연의학이 있었다. 오늘날 세계에 알려진 자연의학의 예를 보자. 인도의 아유르베다 의학, 일본의 니시 의학, 미국의 거슨 요법, 유럽의 동종 요법, 중의학. 우리에겐 한의학이 있다. 침, 뜸, 부항도 자연의학이다. 카이로프랙틱, 스포츠 테이핑, 벌침 요법, 장세척, 홍체 진단법, 향기 요법, 찜질, 발반사도 자연치유법이다. 한 가지 병에 한 가지 치료법만 있는 게 아니란 말이다.

그럼 왜 대형병원 암센터에 자연치유센터가 함께 있으면 안 되지? 병원에 수술, 항암, 방사선 외에 자연치유라는 선택지가 있으면 왜 안 되지? 치료적 단식을 병원에서 하면 얼마나 좋을까? 내가 단식, 보호식 등 자연치유에 쓴 돈도 건강보험 적용을 받을 수 있을 텐데. 분명 내 몸은 단식 이전과 이후로 달라졌단 말이다. 단식은 몸의 항상성을 유지하고 B형 간염과 염증과 종양에 탁월한 치료법인 건 검증된 사실 아닌가? 안타까운 현실이로다.

최고의 의사는 자연

최진규가 쓴 《우리 명의와 의료 직설》은 현대 의료 시스템 바깥에 있는 명의들을 소개하는 책이다. 최진규는 우리나라에서 첫손에 꼽히는 약초학자다. 전국 방방곡곡을 다니며 약초를 채취하고 연구하는 그가 민간의사들을 찾아다

냈다. 그들은 의사자격증은 없지만 병원이 손 못 쓰는 갖가지 난치병을 치료하는 사람들이다. 병원이 포기한 암, 당뇨병, 백혈병, 간경화증, 신부전증 등을 고치는데, 이들은 왜 남몰래 숨어서 할까?

책에는 17명의 명의가 나온다. 심선택, 서용진, 김명식, 한동규, 김병성, 서재학, 오기산…. 저마다 치료법이 다르고 잘 고치는 병도 다르다. 나는 간질환 치료법에 관심을 두고 읽었다. 과연 세상은 넓고 길은 많다. 명의 중에 간을 치료한 11명만 추려 정리해보았다(낯선 치료법이라 자세히 쓰지는 못하겠고 치료법 이름만 정리한다).

심선택은 보중익기탕과 소시호탕 또는 감초사심탕으로 말기 간암 환자를 여럿 낫게 했다. 시호가용골모려탕으로 간경화도 치료했다. 김병성은 달인 족제비와 녹나무로 간암을 완치했다. 동백나무 겨우살이로도 간암을 완치했다. 서재학은 오리나무 껍질, 유황 법제한 골인(骨仁), 그리고 굴껍데기 이온칼슘으로 간염, 간경변증, 간경화, 지방간을 치료했다. 박천수는 유황오리, 다슬기 등으로 간암, 담낭암, 담도암, 간경화를 치료했다.

윤제홍은 번데기와 목화씨 등으로 간암을, 백반과 석

웅황으로 간암을 치료했다. 연담 스님은 귀신을 쫓아내어 간경화를 치료했고, 김기현은 용약으로 간경화 환자를 낫게 했다. 정성열은 매미 굼벵이로 간경화 간염을, 박치완은 면역약침요법으로 간암을, 윤상철은 기공요법으로 간경화를 각각 치료했다. 권영창은 노나무, 솔잎, 굼벵이 등을 달여 간염, 간경화를 치료했다.

저자는 자연이 최고의 의사라고 시종 강조한다. 그럼 명의를 왜 소개할까? 그만큼 세상에는 자연 치료의 길이 많기 때문이다. 맹신에 빠지지 말라면서도 터무니없는 치료법이라고 무시하지 말라고 당부한다. 일반 상식으로 받아들이기 어려운 치료법도 있지만 엄연히 존재하는 사실이기 때문이다. 그는 세상 모든 질병을 고칠 수 있는 약과 치료법은 얻었으나 사람 마음을 고칠 방법은 아직 깨닫지 못했다고 한다. 이건 또 무슨 소리일까?

식물 중에 약초 아닌 것이 없다

최진규가 쓴 《약이 되는 우리 풀·꽃·나무 1, 2》는 천 가지

약을 소개하는 책이다. "병이 있으면 약도 있다." 그는 최고의 의사인 자연이 약초로 못 고치는 병은 없다고 말한다. 책에서 그는 이 땅에서 자라는 풀과 꽃과 나무의 신비로운 약효를 사진과 함께 자세히 풀어낸다. 우리가 매일 먹는 채소와 과일 중 약 아닌 게 없을 정도다. 파, 마늘, 생강부터 매실, 도라지, 산마다 자라는 생강나무, 돌복숭아, 청미래덩굴까지. 흔하디 흔한 쑥은 또 얼마나 좋은 약초인가.

이른 봄엔 쑥을 먹고 쑥을 예찬하자. 쑥국, 쑥나물, 쑥떡, 쑥버물, 쑥차…. 최고의 보약이 가까이에 널렸다. 쑥은 몸을 덥히고 혈류를 좋게 하고 냉과 음을 제거한다. 쑥물 목욕은 피부에 좋고 요통, 타박상, 신경통, 부인병에도 좋다. 추위를 타거나 몸이 찬 사람은 쑥을 많이 먹고 쑥 향기를 즐기자. 살균과 살충에도 좋아 쑥은 시골에서 모깃불로 쓰였다.

봄이 오면 나는 이 책을 펼쳐 보게 된다. 우리 땅에 있는 풀과 나무를 아는 재미에 약초를 찾는 즐거움을 주기 때문이다. 세상은 넓고 약초는 많다. 잊지 말자.

정통의학과 대체의학

내가 저자에게 공감한 점은 또 있다. 전통 요법을 대체의학이라 부르는 건 옳지 않다는 주장이다. 약초 요법이나 기공, 뜸, 침, 식이 요법, 향기 요법, 정골 요법처럼 수천 년 된 전통 요법을 어째서 대체의학이라 하느냐. 역사가 100년밖에 안 된 서양 현대 의학이 대체의학 아니냐고 저자는 묻는다. 약초 요법이나 기공, 침, 뜸 같은 것이 정통의학이다. 따라서 우리 땅에선 전통의학을 본의학이라 하고, 서양 현대 의학을 대체의학이라 부르는 게 맞단다.

옳소! 병은 한 가지 약은 천 가지. 세상은 넓고 약초는 많다.

잘 죽을 수 있을까?

영화 〈엔딩노트〉는 "어떻게 잘 죽을 수 있을까?"를 묻는 다큐멘터리 영화다. 고레에다 히로카즈가 제작을 맡았고, 스나다 마미가 자기 아버지를 찍어 감독으로 데뷔한 작품이기도 하다. 아버지 스나다 도모아키는 40년을 영업맨으로 살다 정년퇴임 직전 위암 5기 판정을 받는다. 69세였다. 그는 담담하게 죽음을 준비하기로 마음먹고 '엔딩노트'를 준비한다. 죽기 전 자신이 할 일과 장례 계획, 남은 가족에게 남기는 유언까지 꼼꼼히 기록한다. 생의 마지막을 계획한 대로 잘 살고 준비된 죽음을 맞이한다. 딸인 스나다 마미가 이 모든 과정을 카메라로 담았다.

죽음 앞에 인간은 무엇인가? 어디까지가 삶이고 어디서부터가 죽음일까? 죽음이 다가와도 삶은 죽는 순간까지 계속 삶이다. 영화는 죽는 순간까지 한 사람이 오롯이 살아내는 삶을 보여준다. 어떻게 잘 죽을까? 이 질문은 곧 '어떻게 살까'에 닿아 있음도 보여준다. 아버지가 정리한 엔딩노트 11개 목록은 그래서 거창한 '버킷리스트'라기보단 소소한 삶의 과제다. 삶을 새롭게 마무리하고 그는 죽음을 맞는다. 마지막도 처음처럼 변화와 새로움이 있는 삶이었다.

영화 〈엔딩노트〉 중 1번과 10번을 가져와 본다.

1. 평생 믿지 않았던 신을 한번 믿어보기
10. 쑥스럽지만 아내에게 사랑한다 말하자

우리 아버지의 죽음이 생각나고 말았다. 아버지는 희귀암으로 병원에서 인생 마지막 시간을 보내셨다. 죽음의 순간까지 아버지 곁을 지킨 사람은 어머니뿐이었다. 결혼 60주년을 몇 달 앞둔 봄이었다. 어머니는 나중에 들려주셨다. 마지막 시간을 보내며 어머니는 여러 번 아버지와 깊은 대화를 시도하셨다고. 하고 싶은 말 없느냐, 가슴에 쌓인 말을 하고 싶고 듣고 싶었단다. 두 분의 마지막 시간은 영화처럼 되진 못했다. 영화처럼 자식이 나서서 도와드렸더라면 좋았겠다는, 뒤늦은 아쉬움이 되살아나고 있다.

영화 속 아버지는 병실에서 가족들과 차례로 작별인사를

나눌 수 있었다. 엔딩노트 덕분이다. 아들에게, 딸들에게, 며느리와 손녀들에게, 그는 하고 싶은 말을 다 한다. 막내딸이 카메라로 기록한다. 웃음이 있고 눈물이 있고 유머 가득한 마무리다. 아내와의 작별이 그에게 가장 각별했을 것이다. 다른 가족을 다 내보내고 둘만 남았을 때 그가 그간 못했던 말을 한다. "사랑해!" 얼마나 오래 벼르던 고백인가. 아내 역시 눈물로 마음을 고백한다. "내가 하고 싶은 말이야. 당신이 이렇게 좋은 사람인 줄 너무 늦게 알았어."

존엄한 죽음

"평생 믿지 않았던 신을 한번 믿어보기"도 조금만 살펴보자(신학적인 분석을 하려는 건 아니다). 죽음 앞에서 그는 신을 믿어보기로 한다. 존엄하게 죽음을 맞이하고 싶은 한 인간의 선택이겠다. 그는 막내딸이 다니는 성당에 나가고 신부와 교리 공부를 한다. 미사에 참여하고 세례도 받는다. 누구의 강요도 아닌 자기 뜻이었다. 그의 장례식도 성당에서 치러진다. 그는 자신이 원하는 죽음을 준비하고, 엔딩노트대로 죽음을 맞는다.

영화 속 아버지는 삶을 진정 사랑하는 사람이었다. 마지막 순간까지 자기 삶을 꽉 채워 자기 의지로 살았다. 복 받은 사람이다. 그에게 죽음이란 삶의 연속이자 마무리이며 완결이었다. 평생 믿지 않던 신을 믿으며 그는 삶의 퍼즐을 완성했을 것이다. '웰다잉'이었다.

잘 죽을 결심

몸이 아플 땐 삶에 대해서 생각하고 몸이 건강하면 죽음을 생각한다고 했던가. 꼭 그러한지 모르겠다. 암이 나와 상관없는 일이라 여기며 살았듯, 죽음을 나와 상관없는 일로 치부하기 쉽다는 것도 이제 알겠다. 그렇다면 나는 어떻게 잘 죽을 수 있을까? 우리 오빠처럼도 말고 우리 아버지처럼도 아니면 좋겠다. 〈엔딩노트〉 정도의 아름다운 마무리라면 참 좋겠다.

암수술 후 몇 년간 내가 우리 엄마한테 많이 들은 말이 있다. "니가 우째 그래 못되게 변해가노? 사람이 천성이 변하면 죽는다는데." 나는 왜 암수술 이후 사람이 변했다는 소릴 들을까? 지금 나는 어디쯤 가고 있을까? 하나는 알 것 같다. 잘 죽고 싶다는 것. 영화 속 아버지처럼 엔딩노트를 준비해보는 것도 좋겠다. 죽음의 춤 파티는 어떨까? 뒤에 남을 이들에게 좋은 기억을 선물하고 떠날 수 있을까? 어떻게 잘 죽을 수 있을까…?

3장

치유는
갱년기를
타고

먹지 마!

"우와 이건 ○○○ 떡볶이 맛이야, 엄마!" 막내가 첫술을 뜨자마자 신나는 목소리로 외쳤다.

"오~ 음식 맛 좀 아는 녀석!" 딸이 추임새를 넣었다. 모처럼 온 가족이 함께 먹는 주말 점심이었다. 현미가래 떡볶이. 양배추와 파프리카를 뭉근히 익히고 매실효소와 고추장을 순하게 넣고, 들깻가루를 넉넉히 넣어 익혔다. 이 정도면 단식 후 내 보호식으로도 부담 없겠다 싶어 정한 식단이었다. 2015년 봄, 나는 3주 단식에 이어 보호식을 마무리하는 중이었다.

"아, 엄마! 떡볶이에 효소를 왜 넣었어. 그냥 표준으로만 하라니까!"

식탁에 찬물을 확 끼얹는 큰놈의 투정이었다. 표정을 관리하며 녀석을 힐끗 봤다. 인간이 먹을 수 없는 음식이란 듯 일그러진 표정이었다. '표준으로만 하라고?' 나는 하고 싶은 말을 일단 삼켰다. 식성 좋고 성격 좋은 막내가 얼른 받았다. "맛만 좋구먼, 뭘!" 딸도 기다렸다는 듯 건조하게 일갈했다. "표준이 뭔데?" 이제 다음 등장인물을 구경할 차례였다.

"효소를 떡볶이에 넣으면 왜 안 되는데? 그런 법을 나만 몰랐네?"

나는 듣고 싶지 않은 다음 말까지 상상하며 쏘아붙였다. '이건 괴식(怪食)이야. 우리 엄만 왜 창의력을 음식에 다 발휘할까? 무난하게 하면 내가 더 잘 먹을 텐데.' 녀석의 입에서 잘 나오던 그 말, 괴식 타령을 오늘은 정말이지 듣고 싶지 않았다. 덕의 표정을 슬쩍 살폈다. '이 상황에서 내 기분 좀 헤아려볼 수 없겠니?' 평소와 같은 반응만 없길 빌면서 말이다.

"그래, 엄마 음식이 좀 특이하긴 하지…?"

큰놈이 헛소리하면 덕은 나를 '조롱하듯' 그렇게 화답하곤 했다. 차마 애들 앞에서 '쪼잔하게' 보이고 싶지 않아서 웃어넘기곤 했지만, 그날은 스스로를 희화화할 기분이 영 아니었다. 단식 보호식 중에 가족 식탁을 차린 나 아닌가. 가슴이 이미 벌렁거리는 것 같았다.

나는 소심하게 속으로 남편을 향해 주문을 외웠다. '제발! 지금 아들 편드는 짓만은 하지 말아줘. 내 기분을 좀 읽어줘. 난 지금 단식 후 보호식 중이라고. 암수술 후 회복을 위한 치료 중이란 말이야. 나도 내 마음을 모르겠어. 화가 나려 한다고!' 내 애절한 텔레파시를 아는지 모르는지, 그는 무심한 표정으로 먹고 있었다.

"그냥… 엄마가 너무 특이하게 만들지만 말란 뜻이지. 난 평범한 떡볶이 좋아하잖아."

내 표정과 기분을 눈치챘을까. 큰놈이 바로 꼬리를 내리며 수습하는 말을 주억거렸다.

"먹지 마! 네가 만들어 먹어!"

아들의 변명이 끝나기 무섭게, 나는 탁 소리 나게 숟가락을 놓았다. 먹지 말라고 일갈하고 자리에서 벌떡 일어났다. 네 식구가 나를 쳐다보는 것과 동시에 나는 바람을 쌩 일으키며 식탁을 떠났다. 안방으로 직행해서 문을 꽝 닫았다. 김정은도 무서워한다는 중2처럼. 제대한 복학생 아들이 엄마 음식에 대고 하는 말을 보라. 야만이고 오만 아냐? 내가 어떻게 키웠길래 아들이 엄마를 저런 식으로 대하지? 나는 방에 앉아 숨을 몰아쉬었다. 나는 뭐지? 나 자신이 크게 모욕당하는 느낌, 너무 잘못 살고 있다는 느낌이었다. 그게 화낼 일이냐고 제발 묻지 마라. 나도 모른다. 세상이 너무 낯설고 분노가 치밀었을 뿐이다. 내 인생에 총체적인 구조조정이 필요하다고, 나는 다이어리를 꺼내 휘갈겨 적었다.

식사 시간은 역할극 무대

우리 집 식사 시간은 때로 다섯 식구의 역할극 무대였다. 음식 만들고 먹이는 건 내 역할. 분위기 메이커 역할까지 맡는다. 밥상 차리기 보조는 덕 또는 아이들. 딸과 막내는 언제나 맛있게 잘 먹고 즐겁게 떠드는 역할. 큰아들은 한 번씩

까다롭고 엄한 '음식 판관' 역할. 큰놈이 괴식이라고 투정하면 내 기분은 널뛰기를 한다. "엄마가 과하게 창의적이라 미안해"라며 머쓱해하거나 "싫으면 먹지 마!"라며 위엄 있게 상황을 제압하거나.

그럴 때 덕의 역할은? '관대한 아빠' 내지 '무정한 남편'이다. 그는 아이들 앞에서 나를 가르치고 '조롱'하는 '우월한 가부장'이다. 분위기 깨지 않으려 내가 스스로를 검열하며 할 말을 삼키는 걸, 그는 전혀 모르는 눈치다. 때론 한 발 더 나가기도 한다.

"난 아들 맘 이해해. 엄마 음식이 좀 난해한 건 사실이잖아? 이 정도 소화하는 우리 식구들이 대단한 거지, 안 그래? 그래도 어쩌냐. 엄마가 해준 건데…."

어진 아빠는 아들에게 인상 쓰지 않았다. 자기와 상관없는 일인 양, 나와 아들 사이의 팽팽한 긴장도 못 본 척했다. 나는 남편에게 화내지도 않거니와, 아이들 앞에서 아빠의 체면이 구겨지게 할 수도, 식탁 분위기를 망칠 수도 없었다. '현모양처' 코스프레를 해야 상황을 넘길 수 있었다. 참 오래도 버텼다.

한순간 그 모든 게 달라 보였다. '역할극을 지겹게도 했구나. 그런 아내, 그런 엄마, 개나 줘버려라', 가슴의 소리가 들렸다. '그런 좋은 엄마는 없다. 그런 아내도 하고 싶지 않다. 차분히 앉아 있는 남편이란 존재가 꼴도 보기 싫다. 본데없이 엄마를 하찮게 대하는 아들도 싫다. 냉혈한 가부장 세트다. 나는 이 집에서 인간이고 싶다.'

나는 돌봄이 필요한 환자라고!

나를 뒤흔든 깨달음이었다. '누가 누굴 돌보고 감정노동을 하고 있지?' 잘못돼도 한참 잘못된 상황이었다. '돌봄이 필요한 환자인 나를 위해 밥해주는 사람은 왜 없고, 멀쩡한 장정들을 위해 나는 이러고 살아야 하지?' 나는 방에 혼자 앉아 속으로 속으로 가라앉았다.

그날 저녁 우리 집 부엌에선 진풍경이 벌어졌다. 아빠가 아들 입맛을 고려해 부자가 먹을 음식을 만들었다. 나는 그 옆에서 모녀용 자연식 보호식을 만들었다. 내 남편이란 작자가 도달한 결론이란, '입 짧은 큰아들을 배려하자'였다. 내 스트레스를 '반으로' 줄여주려고 자기가 아들을 맡는단다. 고맙기도 해라. 반씩이나. 나더러 마음을 관대하게 가지란다. 아들을 몰아세우지 말라는 조언도 아끼지 않았다.

내 마음은 다시 또 턱 걸렸다. 나와 딸을 위해 자연식을 준비하는 건 왜 그의 일이 될 수 없지? 멀쩡한 20대 아들을 위해서는 앞치마를 두르는 아빠데, 암수술 뒤 단식하는 아내를 위해 보호식은 왜 못 만들지? 길을 한참 잘못 들었다. 직장에서 파김치가 돼서 왔건, 암수술을 했건, 다리를 후들대면서 밥하는 여자로 살아온 게 나였다. 어쩌다 밥하는 덕에겐 자랑과 칭찬이 돌아가지만, 날마다 밥하는 내겐 오늘 같은 품평과 비판이 돌아오곤 했다. 그게 내 위치였다.

'야! 이게 남편이냐? 내가 돌봄이 필요한 환자라는 거 안 보여?' 속에서만 아우성치는 소리였다. 덕에게 날것 그대로 감정을 쏟아본 적 없으니 분노를 혼자 삭일 뿐이었다. 이 집이건 어느 집이건 남자가 암수술 하고 단식한다고 상상해 보았다. 과연 그가 스스로 보호식을 준비하고 가족의 밥도 해댔을까? 음식 품평을 들어가며 밥하며 자연치유를 할까? 남자는 차려주는 보호식 먹으며 요양하고 있을 것이다. 안 봐도 그건 비디오였다.

단식으로 빈 내 몸이 마음을 리셋해버린 걸까? 내 심신이 극한의 변곡점을 통과하고 있었다. 잠자던 이성과 감성이 깨어나고 세상이 자꾸 달라 보였다. 몸이 새털처럼 가볍고 정신도 말할 수 없이 맑았다. 내 안에서 튀어 나가고 싶어 하는 목소리가 와글거리고 있었다. 단식은 과연, 참으로 불온하고 과격한 치료법임에 틀림없었다.

우린
잘못 살았어!

암수술 3년 차 봄이었다. 나날이 가볍고 강해지는 몸을 따라 나는 조금씩 외부 활동을 늘려가고 있었다. 그날은 N과 성경도 읽고 수다 떨며 차 마시는 날이었다. N이 자기네 부부싸움 이야기를 털어놓았는데 정리하면 이랬다.

남편 T의 전화기에서 우연히 시집 식구들의 카톡을 N이 봤다. T가 누나에게 N을 흉보는 내용이었다. 후에, 가족에게 아내를 변호해야지 흉을 보냐, 내용도 맞지 않더라, N이 따졌다. 그러자 T가 대뜸, 왜 남의 카톡을 보냐, 그게 더 문제라며 버럭 화를 냈다. N은 남편이 아내 마음을 알려 하기보다는 자기방어에 급급한 태도에 또 화가 났다. 마구 퍼부어주고 며칠 냉전 중인데, 자기도 문제인 것 같단다.

그날따라 나는 조언 따위 하고 싶지 않았다. N이 화날 만했고 냉전하는 것도 충분히 이해되고 남았다. 다만 듣는 내

내 내 기분이 낯설게 흘러가고 있었다. 헐벗고 초라한 내 모습이 보이는가 하면, 솔직하고 젊은 N이 부러워, 속으로 이런 생각을 했기 때문이다. '나는 네가 부럽구나. 너는 T한테 느끼는 대로 퍼붓기라도 하고 며칠씩 냉전도 하잖아.' N이 돌아간 후 나는 가만히 앉아 내 안을 응시했다. 답답한 마음에 이런 기도까지 했다.

> "주여! 이 무겁고 낯선 감정은 뭐죠? 정직하게 대면할 수 있게 도와주세요…."

저녁을 먹고 덕에게 N 부부 이야기를 해줬다. 내 복잡한 마음을 덧붙이려는 순간, 그가 깔끔하게 정리해버렸다.

> "N이 잘못했네. T한테 공감을 바라는 건 하늘의 별을 따달라는 소리야. 불가능한 일 바라지 말라고, N에게 잘 말해주지, 그랬어."

덕의 평소 논리인데, 오늘따라 너무 낯설고 야만적으로 들리네, 하고 생각하는 것과 동시에 내 안에서 뭔가 확 치밀어올랐다. 나는 그를 노려보며 내뱉었다.

"그건 아니지! 설마 진짜 그렇게 생각해?"

그가 놀란 눈으로 나를 바라봤다. 그렇게 바로 반박하는 건 평소 내 스타일이 아니었으니까. 의견차가 클수록 나를 검열하고 눌러뒀다가 밤에 잠자리에서 조곤조곤 말하는 나였다.

"남편과 소통하자는 게 못 할 짓이야? 바랄 걸 바라라? 우연히 봤는데, 못 본 척해? 그렇게 자신 있으면 당신이 N한테 조언하지, 그래? 남편한텐 이해 따위 바라는 거 아니라고!"

울고 싶은데 뺨 때려 준 꼴이었다. 26년간 내가 순응하며 들어온 소린데 하루아침에 역겨워질 수가. 그간 맞춰주며 눌러온 게이지가 임계치에 도달한 모양이었다.

"내 말은… 나도 말귀 못 알아듣잖아. 당신이 잘 감당해 주니까 사는 거 아냐? T도 어차피 남자라서 N의 말을 못 알아들을 거란 소리지. N이 T만 괴롭게 하고 마음만 상할까 봐…."

당황한 덕이 늘어놓는 얘기는 나를 설득하지 못했다.

"그래? 이게 우리 이야기란 건 아는 거네?"

나 자신도 예상하지 못한 반응이었다. 덕이 T와 쌍둥이로 보였기 때문이다. 신앙 '연륜', 결혼 '연차', 목사네 성도네, 3050 나이 차이까지, 다 의미 없었다. 나와 N도 너무 같아 보였다. 그가 내 눈치를 보며 말했다.

"당신도 알잖아. N이 T를 몰아세워 봐. 남자 자존심만 상하고 T가 밖으로 돌 수 있어. 그럼 남자는 성적인 문제에 빠질 수 있거든. N이 얻을 게 뭐 있겠냐고."

아, 남자 자존심, 남자의 성, 남자 체면… 익숙한 소리건만 들어줄 수 없긴 마찬가지였다. 나는 식탁을 탁 소리 나게 손바닥으로 내리치고는 그에게 쏘아붙였다(결혼 26년간 날것으로 화낸 적 없다면 누가 믿을까. 그는 '센 여자' 사랑하는 1등 남편으로 칭송받아왔다).

"그럼, 여자는 어떻게 돼도 상관없어? 남자가 성적으로

잘못될까 봐 여자는 입 다물고 우쭈쭈만 해? 여자가 우울증 걸리고 화병 나고 정신병원 가고 암 걸려 뒈지는 건 괜찮고?"

목소리가 떨리고 갑자기 눈물이 흘렀다. 모든 게 뒤집혔다. 좋은 아내 노릇이란 고작 이런 껍데기였다. 한 번도 그와 연결한 적 없는 '암'이란 단어까지 나왔다. 욕도 나왔다.

"야! 이게 남편이야? 목사야? 만약 T가 너한테 찾아온 상황이면 어떻게 말할래? 너는 XX, T보고 가만히 있으라 했겠지? 아내가 마음을 낮추고 우쭈쭈할 때까지 기다리라고밖에 더 조언하겠어? Xx@#%! 너 같은 인간이 목사니까 개독교 소리 듣는 거야! 목사 안 하는 게 하나님도 사람도 돕는 길이야! 내가 그렇게 만들었으니 누굴 탓해. 더는 못 듣겠어! XX@#~%x"

그게 그렇게 분노할 일이냐고 제발 묻지는 마라. 할 줄 아는 욕이 다 동원됐다. 목이 막히고 숨이 잘 안 쉬어졌다. 악을 쓸수록 가슴이 더 답답했다. 남자 자존심 지켜주느라 감정노동은 언제나 내 몫이었다. '아무리 내용이 좋아도 아내

말하는 태도가 나쁘면 남편 귀에 안 들린다'던 그의 논리도 더는 내게 약발이 듣지 않았다.

"우린 잘못 살았어. 잘못된 전제로 잘못 배웠어. 나 그런 아내 그만할게. 인간 대 인간으로, 학생 때로 돌아가 보자. 질서, 당신, 남편, 아내, 목사, 사모. 그딴 거 다 떼버려! 숙이 덕이로 이야기해보자. 아무것도 기대하지 마라고? 사랑한다면서? 마음도 안 통해, 말도 못 알아들어, 기대할 것 없는 사람하고 넌 살고 싶냐? 그런 결혼 유지하고 싶어? 네가 여자라면 계속 살고 싶겠어? 난 아냐."

나는 야생마처럼 날뛰었다. 답답한 남자에게 자신을 갈아 넣어 사랑한 내가 한심해 미칠 것 같았다. 쓰던 호칭을 다 버렸다. 조곤조곤한 아내, 존경받는 남편, 다 개나 주라고! '변화가 싫다면 이혼이 대안'이라고 나는 분명히 말하고 있었다. 한참 침묵이 흐른 뒤 그가 고개를 끄덕이며 말했다.

"잘못된 건 알겠어. 그럼 이제 내가 어떻게 하면 좋겠어? 하라는 대로 할게. 가르쳐줘."

그는 비현실적으로 차분했다. 그걸 이성적인 냉철함인 줄 알고, 감정에 휘둘리지 않는 고상함인 줄 알고, 나를 얼마나 부정했던가. 그러나 그는 감정에 무지하고 공감할 줄 모르는 가부장이었을 뿐. 스스로 감정노동한 적 없는데 그에게서 뭐가 나오겠는가. 나는 쐐기를 박았다.

"아냐! 알아들은 척하지 마! 하라는 대로 한다고? 내가 문제 제기하고 매번 가르쳐줘? 넌 아무 문제 없는데 나만 미쳤지? 우린 너무 잘못 살았어. 난 이제 그렇게 살기 싫다는 것만 분명히 알겠어. 난 해결책 제시하고 싶지 않아. 네가 직접 고민해봐."

갱년기는
나의 힘

살면서 갱년기에 대해 긍정적인 말을 들은 적 있던가? 나는 없었다. 주변에서 갱년기 여성을 본 적 있는가? 부정적인 이미지가 떠오른다. 이를테면, 감정 기복이 심하다, 열이 오르락내리락한다, 잠을 못 잔다, 무기력하다, 우울하다, 아픈 데가 많다, 신경질적이다, 여자로서 매력이 끝났다, 빈 둥지 증후군 등등. 과연 갱년기가 그런 것이기만 할까?

자연치유는 내 몸에서 갱년기를 타고 흐르고 있었다. 나는 뒤늦게 눈치챘다. 잘 살고 있다고 자부하던 가정과 부부 관계가 전혀 다르게 보일 때였다. 나도 내가 낯선데 다른 가족은 오죽할까. 나도 내가 미친년이 돼가는가 했다. 공부해야 했다.

그제야 눈에 갱년기 관련 책이 들어왔다. 아, 스스로 자연치유 학교 학생이라고? 웃기는 뽕짝이었다. 혼자 북 치고

장구 치느라 교과 과정에 구멍이 너무 많았다. 그동안 알고 있던 갱년기는 잊어야 했다. 나름 잘 살고 있다고? 위선이요, 허세요, 착각이었다. 내가 알던 것들은 왜 이다지도 나를 배신하는가. 2016년은 통째로 '갱년기 쓰나미'에 쓸려가는 해였다.

공부하고 글 쓰고 토론하며 사람들과 어울리다

"격주, 서평 쓰기와 토론, 10만 원." 인터넷 공지를 보자마자 나는 바로 등록했다. 내가 하고 싶은 글쓰기와 토론을 함께 하는 강좌였다. 2년을 수도자처럼 홀로 수련했으니 이제 사람들과 어울려 공부하고 싶었다. 다른 목소리도 듣고 내 속에 와글거리는 목소리를 내뱉고 싶었다. 2016년 새해부터 나는 글 쓰고 토론하러 서울로 나다니는 학생이 됐다.

2016년 1월 7일(목)

46.0kg 35.7°. 쾌변 여러 번. 서평 쓰기 강좌 첫날. 13명 모두 여성. "2016년을 서평 쓰기 강좌로 시작하는 이유가 뭐죠?" 하고 묻길래 "암수술로 2년간 요양하며

읽고 쓰며 살아보니 좋아서"라고 답했다.

내 결심-1. 잘하려는 엄숙주의 벗고 가볍게. 2. 사람들의 눈과 평가로부터 자유하기. 3. 다른 사람들의 생각과 말과 글 배우기. 4. 새로운 배움 기회 감사 또 감사!

글쓰기와 토론은 나를 위한 것이었다. 혼자 탐구하고 혼자 기록하던 삶에서 사람들과 어울리는 활동으로. 오직 한 가지 명심할 건 자유였다. 배움도 좋고 사귐도 좋지만 나는 자유를 잃으면 말짱 도루묵이라고, 다이어리에 기록을 남겼다. 그만큼 나는 자유에 목말라 있었다. 엘리자베스 퀴블러 로스의 《인생 수업》으로 첫 서평을 쓴 후에도 나는 이런 기록을 남겼다. "처음부터 잘 쓰려는 악습. 글 쓰며 살고자 한다면 힘 빼고!" 나는 쉽게 쓰고 마감을 지켰고, 제때 잠자리에 들 수 있었다.

글쓰기 강사는 초보자를 후한 칭찬으로 지도하는 분이었다. 장점을 많이 찾아주고 조언은 조금만 했다. 빨간펜을 두려워하는 나 같은 학생에게 맞춤이었다. 매번 호평받으며 나는 무릉도원을 노닐 듯 글쓰기를 즐길 수 있었다. 내가 들은 칭찬은 이런 식이었다. "책 전체 톤과 서평 톤이 잘 어울린다.", "글 쓴 분의 따뜻함이 느껴진다.", "책이 필자의 인생에 들어온 것 같다.", "이야기를 풀어가는 능력이 좋다.", "독서 내공이 느껴지고 독서 주관과 필력, 독창력이 있다.", "저자의 의도를 가장 잘 파악한 글이다.", "작가적이다. 책을 내면 좋을 것 같다…." 얼마나 멋진가. 나도 용기 내어 매번 나를 칭찬하고 토닥토닥할 수 있었다.

"글 쓰고 책 내며 살고 싶어서 나왔잖아? 그래, 숙이. 잘했어. 넌 할 수 있어!"

자꾸만 낯설어 보이는 세상

몸과 마음과 체력이 좋고 외부 활동도 즐거웠다. 날마다 감사해도 모자랄 것 같은 나날이었다. 그러나 문제는 있었다. 내게 익숙하던 것들이 자꾸 낯설어갔다. 나도 이전의 내가 아닌데 최악으로 낯선 건 덕이었다. 그를 견딜 수가 없었다. 보수적인 기독교 가정으로 '타의 모범이 되게' 26년을 살아왔는데 뭔 일인가. 결혼식 때 나는 '순종 서약'을 한 아내 아니던가. 그를 존경하고 받들며 나를 갈아 넣었지. 하지만 이젠 '잉꼬부부'도 '스위트홈'도 다 개소리로 들렸다.

껍데기는 가라, 나를 향해 그를 향해 어느 날 욕이 터져 나왔다. 그와 대화하면 숨이 막히고 답답해 암이 재발할 것 같았다. 우리 관계의 대전제를 다시 물었다. 그따위 결혼생활에서 나는 솔직히 '제대하고' 싶었다. 내 몸이 이끄니 나는 거역할 수 없었다. 나를 누른다고, 돌이켜 생각한다고, 자기 검열한다고 될 일이 아니었다. 나는 그와 날마다 싸우며 공부했다.

2016년 3월 20일(일)

덕이 결혼생활 내내 고수해온 대전제는 틀렸다. "남녀 문제는 여자에 달렸다. 남자는 모르고 능력 없고 들을 귀도 없다. 고로 여자가 해야 한다." 이게 바로 불평등이다. 실낙원 여남 관계란 함께 노력하고 피차 배려하고 사랑하며 만드는 공통 과제다. 그걸 부정하는 그는 남편 아닌 아들이다. 무책임이고 폭력이다. 수리산 임도 같이 걸으며, 대전제 안 바뀌면 우린 같이 못 산다, 내가 거듭 소리를 질렀다. 그가 받아들이고 인정한 것 같다. 이건 혁명이다!

2016년 3월 27일(일)

창세기 3장 16절이 달리 읽힌다. "또 여자에게 이르시되 내가 네게 임신하는 고통을 더하리니 네가 수고하고 자식을 낳을 것이요 너는 남편을 원하고 남편은 너를 다스릴 것이니라 하시고." 그동안 힘껏 노력한 게 기껏 저주받은 여자의 일생이었다. 일그러진 남녀관계였다. 예수를 해방자요 구원자로 믿는다는 사람은, 이 지배 복종의 사슬에서 해방되고 자유와 평등의 새 관계로 가는 게 맞다.

2016년 8월 29일(월)

존 스튜어트 밀의 《여성의 종속》. 해리엇 테일러는 밀의 사상적 동반자이자 영향력 있는 조언자였다. 책 속 부부상에 둘의 관계가 잘 투영돼 있었다. 여성에 대한 억압은 가족 간의 소통을 방해하고 남성의 인격적 성숙을 막고, 사회적으로는 자유로운 경쟁과 발전을 지연시킨다. 자유를 추구하는 인간 본성에는 평등이 부합한다. 우리 부부가 대전제를 바꾸고 다시 만들어갈 새 그림이 보인다.

갱년기 에너지가 폭발하다

분노의 쓰나미로 덕을 향해 집중포화를 날리던 어느 날이었다. 내게 일어나는 분노와 갱년기가 유의미하게 연결됐다. 나를 설명할 언어로 《폐경기 여성의 몸 여성의 지혜》가 그중 최고였다. 솔직히 인정하자. 갱년기 여자이면서도 나는 갱년기를 알고자 하지 않았다. 부정적인 갱년기 증상들과 거리를 두고 싶었을 것이다. 책에는 내가 겪고 있는 모든 심신의 변화가 그대로 있었다. 나는 진심으로 내 몸에게 미안했다. 나는 그 두꺼운 책을 집에 가져와서 덕에게 보여주며 말했다.

"이 책 같이 보자. 내가 겪고 있는 모든 게 갱년기로 해석되는 거 알아?"

우리 둘 다 놀랐다. 조금은 허탈하고 조금은 서로에게 미안했다. 갱년기가 우리 문제일 수 있다고 진지하게 생각하지 못한 건 둘 다 마찬가지였다. 호르몬과 몸의 변화에 무지하게, 몸을 무시하고 살던 습관을 인정해야 했다. 그동안 나름 잘 살아왔다는 착각에서 깨어나야 했다. 자연치유로 몸을 좀 안다는 오만이 갱년기를 무시하게 했을 것이다. 다시 입학하는 마음으로 공부해야 했다.

2016년 4월 28일(목)

《폐경기 여성의 몸 여성의 지혜》, 내게 일어나는 이 소용돌이가 갱년기로 해석되는 듯하다. Menopause, '남자로부터의 독립, 쉼'. 간암 수술로 완경(完經)했으니 2년여 내 몸에 호르몬 변화가 있었던 게다. 내 몸이 고맙다. 막을 수 없는 힘. 자신에게 더 집중하고 나에게 돌아갈 기회. 후퇴는 없다. 불의라 여기면서도 양보하던 모든 장벽이 무너질 것이다. 자연치유가 갱년기를 만났으니 더 큰 치유다. 자기 혁명이다.

나는 나를 인정하고 받아들였다. '남자로부터의 쉼(pause from men)'이 깔끔하게 정리해줬다. 가임기 동안 남자에 맞추고 남편을 중심으로 살게 하던 호르몬이 시효를 다한 것이다. 독립을 선언하는 내 몸. 다른 사람에게서 손 떼고 나 자신에게 집중하고 싶은 마음. 나로 살겠노라. 맞다, 그게 나였다. 내 몸의 소리였다. 몸이 옳았다.

인정한다. 폐경기 또는 갱년기 호르몬에 나는 좀 더 일찍

주목했어야 했다. 어쩌면 암수술 이전에 내 몸은 폐경준비기였던 것 같다. 내 몸이 여기저기서 신호를 보내고 있었으니까. 수술 전후 병원에서 보인 몸의 반응을 기억한다. 암도 갱년기도 나와 상관없을 줄 알았다는 게 말이 안 된다. 사춘기가 있고 가임기가 있듯 내 몸은 폐경기라는 찬란한 성장통을 겪고 있었다.

책은 시종일관 나를 구구절절 변호하고 있었다. 갱년기 에너지가 나를 이끌고 있다. 분노는 내면의 지혜가 보내는 강력한 메시지다. 폐경기에 경험하는 명확한 통찰, 불의와 불평등에 대한 분노는 신이 내린 선물이다. 분노는 폭발시키는 게 맞다. 자신을 찾아 삶을 재창조할 기회다. 타성에 젖은 인간관계를 재정립한다. 폐경기의 선물인 통찰력을 맘껏 발휘하라….

내겐 과연 에너지가 폭발하고 있었다. 내가 누를 수준이 아니었다. 나는 껍데기를 다 버릴 각오가 돼 있었다. 진실한 사랑으로 다시 살든지, 깨끗이 정리하고 갈라서든지. 남편도, 자식도, 가정도, 교회도, 신도, 다 마찬가지였다. 이전으로 후퇴는 없다, 내 몸의 소리를 들을 수 있었다.

갱년기는 나의 힘. 갱년기 에너지 만세!

암은
병이 아니다

병 자랑은 하여라.

재미있는 속담이다. '자랑쟁이에게 흉이 더 많다'거나 '자랑 끝에 쉬슨다'는 말과 달리 병은 자랑하란다. 왜일까? 병들었을 때는 숨기기보다 말하는 편이 정신 건강에 좋으니까? 병 이야기를 많이 하다 보면 좋은 치료 정보를 얻고 사람들과 더 소통할 수 있으니까?

그런데 병 자랑을 하기가 과연 쉬울까? 우리 문화에서는 병이 자랑거리로 통하는 것 같진 않다. 굳이 병을 자랑하라고 하는 맥락을 따지고 보면 사람들이 쉬 못하기 때문일 것이다. 지인 중에 암 진단을 받고도 교회와 이웃에 표 내지 않는 사람이 있었다. 하던 대로 일상을 유지하던 그에게 병 자랑을 하라 마라, 나는 말하지 못했다. 저마다 그만한 사정이 있을 테니까.

나는 병 자랑을 잘할까? 암 공부와 글쓰기로 나는 병을 자랑하고 있는지도 모른다. 안드레아스 모리츠가 쓴 책 《암은 병이 아니다》를 읽으니 암이야말로 내가 더 자랑해야 할 병으로 다가왔다. 병이 아니면 뭐지? 암은 알고 보면 고마운 친구란다. 자신을 사랑하지 않는 것이 '암'이고, 내 몸을 사랑하고 자랑하는 게 '암 치료의 길'이라 말하는 책이다.

이제 나를 돌보아야 할 때

암환자들은 자존감이나 자긍심이 매우 부족하고 '해결되지 못한 과제'들을 가지고 있는데, 내적 갈등이 드러난 게 암이라고 한다. 다시 말해, 진짜 암은 몸에 있는 종양이 아니라 사람의 내면이라는 얘기다. 갇히고 고립되어 있는 감정, '선택의 여지가 없다'는 느낌이 진짜 암이었다.

내적 갈등, 폐색, 약해진 간, 다 내 이야기였다. '선택의 여지가 없다는 느낌'은 내게 아주 익숙한 감정이었다. 너무 오래, 매사에 순응적으로 살려고 나 자신을 갈아 넣으며 버둥댔다. 받아들일 수 없는 건 화내고 저항하고 바꾸려고 시도

하는 게 건강한 삶 아닌가. 자기 감정과 의지에 반하여 답이 정해진 선택을 허구한 날 했으니, 몸이 못 견딜 만했다.

더 뼈 때리는 진실도 있었다. "암환자들이 대개 다른 이들을 돕는 데 삶을 바쳐왔다"라는 통계였다. 헐~ 완전히 내 이야기였다. 남이 아니라 자기를 돌보아야 할 때라고, 몸이 강하게, 암이란 언어로 주장하는 것이다. 고로, 나를 사랑하고 내 몸을 돌보면 암은 절로 사라질 수밖에 없다(자가면역 질병과 B형 간염 치료 원리도 이와 똑같다).

콜! 구구절절 내 이야기였다. 책이 제시하는 암 치유의 방향을 보자. "내 몸을 사랑하는 것처럼 이웃을 사랑하라." 여기서 이웃 사랑에 꽂히면 안 된다. 방점은 '내 몸을 사랑하는 것처럼'에 있기 때문이다. 즉 더도 아니고 덜도 아니고 자신을 사랑하고 인정하는 만큼만 다른 사람을 사랑하라. 그러니 나를 먼저 사랑하라, 이게 암 치유의 필수적인 방향인 셈이다.

내 안에 자신감이 더 커졌다. 내가 짊어질 수 있는 그 이상의 짐 따위 안 지겠다, 선언한 건 참 잘한 일이었다. 관심과 에너지가 점점 내게로 향하고 있었다. 몸과 마음이 스스로를 치유하느라 그런 변화를 택한 것이리라. 그 변화는 모두 내 몸이 살고 내가 사는 길인 게 분명했다. 과연 내 몸이 최고의 의사였다. 나는 책을 덮고 바로 몇 가지를 결단하고 몸으로 실천했다.

첫째, 이기적으로 보일 만큼 나 자신을 더 사랑하자

나를 사랑하지 않는 게 암이다. 그러므로 내가 나를 사랑하며 두려워하지 않는다는 걸 몸이 알게 해야 맞다. 식사, 잠, 운동의 양과 질을 지켰다. 1일 2식 자연식 채식식단을 유지하되 율법주의는 지양했다(채식 안 해도 건강하게 장수하는 사람들이 많고 많으니까). '한살림' 조합원이 됐다. 내 몸이 싫어하는 건 피했다. 옷장을 정리하고 버리고 나눴다. 이불, 베개, 20년 넘은 식탁, 느려터진 노트북을 바꿨다. 책상과 책장도 싹 정리했다. 놓친 책과 영화를 소급해서 즐겼다. 불편한 상황에서 침묵하지 않고 말했다. 독서 모임에서 토론하고 사람들을 만났다. '버킷리스트'를 적어봤다. 문화센터에서 주 1회, 월 5만 원으로 진행하는 '차밍댄스' 프로그램에 등록했다….

둘째, 주방에서 전자레인지를 내다 버렸다

전자레인지의 전자파 논란은 전에도 들었지만 '편리'를 포기하지 못하고 있었다. 책은 전자레인지가 건강에 좋지 않다고 많은 부분을 할애해서 설명하고 있었다. 과학적 원리를 다 이해한 건 아니었다. 다들 쓰고 사는데 그렇게 문제인가. 그래도 무시하기엔 찜찜했다. 전자레인지를 두면 쓰게 되고 내 몸에 안 좋은 짓이다. 결국 '멀쩡한' 전자레인지를 집 앞 고물상에 갖다줬다.

셋째, 5월부터 9월은 민소매로 나다니자

햇볕의 중요성 역시 모르는 바는 아니었다. 한국은 사철 햇볕 좋은 나라라 비타민D 부족 따위는 없는 줄 알았다. 그런데 검사 결과 정상 범위보다 부족한 수치란 걸 알았을 때의 충격을 잊을 수 없다. 도시 생활에선 작정하고 햇볕을 쬐는 노력이 필요하다는 책 내용에 설득됐다. 하절기엔 무조건 민소매로 나다니기로 했다. 구릿빛 팔뚝의(근육질 팔뚝은 다음 생에나) 아줌마로 나다니는 거다. 자외선 차단제도 선글라스도(눈이 나쁘니까 어쩌다) 이젠 안녕~~

마음 비우지 마세요,
제발~

2016년 연말에 생애 처음으로 가출했다. 암수술 후 세 번째 새해를 앞두고 혼자만의 시간이 필요해서였다. "이게 나라냐?" 촛불이 타오를 때였다. 몸과 마음을 다해 주말마다 집회에 나가다 보니 촛불이 내 삶에 제대로 옮겨붙었다. "이게 결혼이냐?", "이게 길이냐?" 내 삶에 대해 질문하지 않을 수 없었다. 분노가 나를 이끌었고 나는 따라야 했다. 어떻게 살 것인가, 나는 서울 성곽길을 걷고 또 걸었다.

가출 둘째 날 오전 세 시간 정도 걸어 길상사에 닿으니 12시가 넘었다. 화장실에 들러 땀에 전 내복을 갈아입었다. 햇볕 드는 공양간 창가에서 채식 비빔밥 한 그릇을 꼭꼭 씹어 즐겼다. 내 또래 중년 아줌마가 여기저기 많이 보였다. 저들은 무슨 일로 절에 왔을까. 내 나이 만 54세, 결혼 26주년이 지나도록 홀로 여행은 처음이었다. 아무리 생각해도 잘한 가출이었다.

"등산을 많이 하시나 봐요. 옷 색깔이 참 곱네요."

점심 후 절 카페에 차 한 잔 놓고 앉았는데 누가 말을 걸었다. 나보다 조금 젊어 보이는 우아한 여성이 미소 지으며 마주 앉았다. 아웃도어를 입고 땀에 전 나와 달리 화장한 얼굴의 그는 머리부터 발끝까지 잘 차려입은 멋쟁이였다.

"감사합니다. 성곽길을 땀 흘려 걸을 땐 이런 게 편하더라고요."

"멋지네요. 저도 한번 해봤으면 좋겠어요. 절에 몇 년을 다녀도 성곽길을 못 걸어봤어요."

집 나온 지 만 하루가 넘어가니 입이 근질근질하던 참이었다. 낯선 동무를 거절할 내가 아니었다.

"어머나! 한 번도요? 저랑 이따 같이 가실래요? 오후에도 좀 걸을 수 있는데."

"정말요? 어휴, 보세요. 산길 걸을 복장이 아니네요. 체력이 좋으신가 봐요!"

"체력요? 길러보려고 이러잖아요. 근데… 혹시 이 근처 따뜻하고 싼 숙소 아는 데 없어요? 제가 가출했거든요. 한옥에서 잤는데 추워서요."

내쳐 수다 떠는 나를 우아한 벗이 눈을 똥그랗게 뜨며 바라봤다.

"어머나, 가출이라 그랬어요?"

"네. 가출 선언하고 3박 4일 목표로 나왔어요. 이제 한 밤 잤는데 숙소가 말썽이네요."

순간 우아한 벗(편의상 '우아 씨'라 하겠다)이 내 쪽으로 가까이 다가앉으며 말을 이었다.

"세상에! 너무 부러워요. 나도 가출 한번 할 수 있다면 얼마나 좋을까요?"

엄동설한에 가출한 사람이 부럽다는 우아 씨, 숙소 이야기엔 관심 없어 보였다. 그는 대기업 임원 남편과 남매를 둔

'부족함 없는' 전업주부였다. 남편이 연말 휴가를 몰아 쓰느라 며칠째 집에 있는데 자꾸 부딪쳐서 나와버렸단다. 손끝 하나 꼼짝하지 않는 남편을 위해 우아 씨는 삼시 세끼를 차려야 했다. 결혼 22년 차. 그날따라 점심 차리는 게 진저리 나게 싫었단다. 남편은 아내를 애처럼 귀여워하여 애들 키울 땐 어린이날에 남편한테 선물을 받았다나. 나이 먹을수록 간섭하고 통제하는 남편이 싫어졌다. 답답해서 발길 닿는 대로 나왔는데 오는 게 절이었다. 숨을 좀 돌리더니 우아 씨가 덧붙였다.

"조금 전 남편이 전화로 뭐라는지 아세요? 아니, 밥시간인데 당신 어디야? 지금 뭐 하자는 거야? 이래요. 그 소리 듣는데, 아휴~ 말하고 싶지 않아서 전화 끊어버렸어요."

"우와~ 대박! 남편 장난 아닌데요? 답답하시겠네요."

내 추임새를 따라 그는 남편 흉을 더 늘어놓더니 다시 한숨을 내쉬었다.

"그래도 절에 오니 마음이 좀 가라앉네요. 여기 오니 좋죠?"

"좋죠. 이런 데가 있으니 서울이 참 매력적이죠."

맞장구를 치고 내가 또 묻고 그가 답했다.

"여기 오면 어떻게 마음이 가라앉아요?"

"절에 오면 제가 마음을 비우게 되는 거죠. 비우면… 다시 살게 되더라고요."

엥? 재미있던 이야기가 갑자기 찬물을 맞은 기분이었다. 그냥 있을 내가 아니었다.

"어떻게 하는 게 마음을 비우는 건지 좀 더 얘기해줄 수 있어요?"

"그렇죠, 뭐. 남편은 절대 안 바뀌는 걸 아니까, 결국 내가 맘 비우는 거죠."

살짝 한숨 섞인 우아 씨의 숨소리에 귀를 기울이며 내가 조심스럽게 물었다.

"늘 그렇게 하셨어요? 비우는 게 어떻게 하는 거냐니깐

요? 비워진 마음 약발은 얼마나 지속되던가요?"

쏟아지는 내 질문에 우아 씨의 눈빛이 잠시 흔들리더니 또 한숨을 쉬었다.

"바뀔 사람이면 제가 다르게 시도해보죠. 제가 마음 안 비우면 못 사니까. 답이 없는걸요."

순간 나도 모르게 감정이입이 되면서 목소리에 힘이 들어가 버렸다.

"아뇨. 잠깐만요! 마음 비우지 마세요! 제발요~. 화가 나고 미치겠는데도 남편에게 맞춰주기만 하는 게 답이 되나요? 남편도 맘을 비우든가 같이 바꾸는 노력을 해야지. 혼자 비우고 다시 화나고, 대전제가 잘못된 거 아닐까요? 비울 게 있어야 비우죠. 마음 비우지 마요~."

어쩌나. 우아한 동무가 눈물을 훔치고 있었다. 살짝 당황한 나는 마음에도 없는 사과를 했다.

"어머 죄송해요, 괜한 소리를 했나 봐요. 힘들게 마음 비우시니, 제가 너무 공감했어요."

"아니에요. '언니'라고 부를게요. 언니 말 들으니 가슴이 뻥 뚫리는 거 같아서, 저도 모르게 눈물이 났나 봐요. 맞아요. 저도 그렇게 살길 바라죠. 싸우기도 해봤어요. 근데 저는 남편을 이길 수가 없어요. 남편이 화내면 그만이죠. 결국 내 마음을 비우게 되는 거죠."

오랜 친구처럼 우리는 공감을 주고받았다. 나도 가출한 이유, 암 이야기, 갱년기 이야기에 남편 흉까지 늘어놨다. 듣던 우아 씨가 얘기했다.

"가출을 허락했으면 너무 좋은 남편 아닌가요?"

"도긴개긴이죠."

"그래도 그 정도면…."

"겉모양에 속지 말아요. 남성 중심적인 건 똑같으니까요."

아~~ 몸은 비우되 마음은 비우는 게 능사가 아니더라.

‘주홍글씨’를 떼다

‘B형 간염 보유자’는 내게 주홍글씨 같은 거였다. 코로나 팬데믹 초기 집단 감염 상황이 벌어지면, 누군가는 집단적인 미움의 대상이 되는 수가 있었다. 팬데믹 상황은 내게 보유자라는 주홍글씨의 경험을 떠오르게 했다. B형 간염 보유자로 30년 살면서 두려움을 느낀 게 한두 번이 아니었다. 혹시 나 때문에 누가 감염될까, 누군가로부터 손가락질받을까, 그건 낙인의 두려움이었다.

폴란드에서 첫아이를 출산할 때가 특히 그랬다. 분만이 임박했는데 B형 간염 보유자라고 해서 나는 별도의 분만실로 갑자기 이송됐다. 낙인 때문일까, 진통이 더 괴로운 느낌이었다. 둘째 낳을 때도 역시 보유자 확인이 있었다. 세 아이는 모두 태어나자마자 B형 간염 예방주사를 맞아야 했다. 추가 검사도 하고 추가 접종도 했다. 모체 수직감염을 막기 위함이었다. 아이들도 남편도 모두 항체가 있건만, 나는 가족들에게 '감염원'이 될까 종종 의식하곤 했다. 밖에서 사람들과 음식을 먹을 땐 남모르게 조심하며 따로 먹기 위해 노력한 기억이 난다.

평생 달고 살 운명 같던 주홍글씨가 내게서 떨어져 나갔다. 2017년 건강검진을 했을 때 B형 간염 항체 검사 결과에서 '양성(Positive)'을 처음 볼 수 있었다. 보유자인 걸 안 지 30년 만이었고 내 나이 55세였다. 단식 자연식 후 2년 만이었다. 혹자는 기적이라 했고 누구는 자연치유의 승리, 또는 면역력의 회복이라 했다. 히포크라테스라면 이렇게 말했을 게 틀림없다. "내 몸 안에 있는 100명의 의사가 깨어났다."

기적은 있다? 없다?

실화 영화 〈미라클 프롬 헤븐(Miracles from Heaven)〉 도입부에 아인슈타인의 말이 인용된다. "삶에는 두 가지 방식이 있다. 기적은 전혀 없다고 믿는 삶, 인생의 모든 게 기적이라고 믿는 삶."

영화는 모든 장기가 음식을 거부하는 불치병에 걸린 소

녀 애나에 관한 이야기다. 아이는 배가 임신부처럼 부풀어 아픔을 호소하지만 병원은 원인도 치료법도 모른다. 어느 날 언니와 놀다가 애나는 100년 된 고목에서 9미터 아래로 추락하는 사고를 당한다. 아이의 생사를 걱정하며 가족들은 기도하며 구조를 기다린다. 아이는 살짝 외상을 입었을 뿐 멀쩡하게 나온다. 그 후 기적처럼 애나는 불치병에서 회복된다.

주치의 누코벨 박사는 애나의 위, 대장, 소장이 다 정상적으로 움직이는 걸 확인한다. "어쩌면 땅에 머릴 부딪치면서 중추신경계가 활성화됐을 가능성이 있죠. 컴퓨터가 재부팅되듯… 설명할 수 없는 그런 사례들을 의사들은 자발적 차도(Spontaneous Remission)라고 보통 일컫죠." 자발적 차도 또는 자발적 회복이란, 설명할 수 없는 원인으로 병이 스스로 낫는 현상을 말한다. 암에서는 항암제나 방사선 같은 기존의 암 치료 양식이 포함되지 않았는데 암이 사라지는 경우를 말한다. 암의 '자발적 퇴행'이라고도 한다.

내가 만약 암수술 후 항바이러스제를 처방받았다면 어떻게 되었을까? 그렇다면 그 약을 지금도 계속 먹고 있을 가능성이 크다. 평생 먹어야 하는 약이라니까. 그리고 여전히 'B형 간염 보유자'로 살고 있을 가능성 역시 크다.

자연치유력보다 나은 의사는 없다

대한간학회 '만성 B형 간염 진료 가이드라인'에는 B형 간염 바이러스에 대한 경구 항바이러스제 처방법이 자세히 나온다. 항바이러스제는 구조식에 따라 종류가 여러 가지인데, 각 항바이러스제에 대한 내성은 또 어떻게 할 것인지가 관건이다. 제픽스, 세비보, 레보비르, 바라클루드, 헵세라, 리비어드. 이 많은 종류의 항바이러스제 간에 교차 내성이 생기면 다시 내성 발현을 막는 병합투여를 고려하라는 식이 가이드라인의 '치료법'이다.

항바이러스제를 계속 먹으면 B형 간염이 치료되는가? 답은 이미 '아니오'로 나와 있다. 바이러스를 제거할 순 없고 바이러스 농도를 조금이나마 줄여보려는 시도가 항바이러스제라는 약이기 때문이다. 본격적으로 B형 간염만 다룬 책인 현철수의 《B형 간염의 치료》 역시 바이러스를 제거할 수 없다는 점을 인정한다. 갖가지 항바이러스제를 소개하면서도 책은 현대 의학의 한계를 짚어준다. "아직 확실한 답은 없다"라고.

B형 간염이 난치의 '자가면역성 질환'이란 걸 나도 오랜 세월 모르고 살았다. B형 간염이 잘 낫지 않는 병이란 게 무

슨 뜻일까? 내 몸을 지켜야 할 면역체계 T-임파구가 엉뚱하게도 내 몸을 공격한다는 뜻이다. 그래서 B형 간염에 대한 대증적 치료는 T-임파구의 공격력을 떨어뜨리는 식으로 약을 쓴다. 공격력을 떨어뜨리되 T-임파구가 완전히 죽지 않을 만큼만 살려놓고, 살아나면 다시 좀 죽이는 식이 반복된다. 이게 과연 치료일까?

이상구 박사는 《불치병은 없다》란 책에서 이런 식의 대증적인 간염 치료의 문제를 지적한다. 대증적 치료는, 외부에서 어떤 병원균이 침입하든, 심지어 암세포가 자라더라도 몸이 아무런 저항을 할 수 없게 되는 게 문제다. 간염을 '고치려다가' 암세포를 키우는 게 현대 의학의 치료법인 셈이다. 결론은, 내 몸의 자연치유력보다 나은 의사는 없다. 자발적 차도 또는 기적이 내 몸에서 B형 간염 보균자라는 주홍글씨를 떼버렸다!

"아~~ 혼자만 잘 살믄 무슨 재민겨!"

저는 의사이고, B형 간염 보유자입니다

2017년 5월 어느 날 이메일함에서 '간염퇴치에 관심'이라는 제목이 달린 메일이 눈에 들어왔다. 모르는 남자 이름인데 메일 제목 때문인지 낯설게만 보이진 않았다. 아니, 반가웠다. 왜냐면 얼마 전에 'B형 간염 항원 소실'에 관해 내가 블로그에 쓴 글이 생각났기 때문이다. 누군가 그 글을 읽고 간염 보유자로서 보낸 공감 글일 가능성이 있었다. 간염 퇴치에 관심이라, 기대하는 마음으로 메일을 열었다.

> 안녕하세요 꿀벌 님
>
> 저는 어제 진료실에서 꿀벌 님 블로그에 올리신 '주홍 글씨를 떼다'를 보고 깊은 감명을 받고 오늘 아침에 쪽지를 보내기도 하였습니다. (…) 저는 특히 B형 간염 바이러스 제거에 심혈을 기울여온 의사입니다. 우선 저 자신도

병원 근무하면서 환자분에게서 채혈하다가 전염된 거로 보여 B형 간염 보유자가 되었답니다. 저희 집안은 수직 감염은 없었습니다. 제가 이렇게 꿀벌 님께 이멜로 인사 드리는 것도 의사로서 부끄럽지만, 현재까지도 바이러스를 제거할 수 없음에 깊이 무능력을 통감하면서 앞으로 꿀벌 님께 바이러스 제거에 관해 많은 도움과 조언을 받고 싶습니다. (…) 연락 기다리겠습니다…

"저는 의사이고, B형 간염 보유자입니다." 편지를 요약하면 그런 말이었다. 지방 도시의 한 '보유자' 의사(가정의학과 전문의 강병주 선생)와 '자연치유로 항체를 얻은' 아줌마가 그렇게 온라인 '간친구'가 되었다. 우리는 B형 간염 이야기, 효소 단식 이야기, 병원 이야기, 의료계 현실 이야기를 주고받았다. 내게 일어난 'B형 간염 항원 소실'과 '항체 형성'이 아무래도 그의 관심을 끄는 주제였다.

간염 보유자가 인구의 10퍼센트 정도 된다는데, B형 간염 보유자 의사인들 왜 없겠는가. 자기 병 못 고치는 의사가 그 한 사람뿐이겠는가. 현직에 있는 의사가 그렇게 꾸밈없고 겸손한 태도를 보이니 감동하지 않을 수 없었다. 좀 과장하면, 책에서 읽은 의성(醫聖) 히포크라테스가 환생했나 싶을 정도였다. 그는 현대 의학의 한계와 문제점에 대해 이렇게 말했다.

"지금 의사로서 가장 부끄러운 건 B형 간염을 퇴치할 능력이 없다는 겁니다. 저 자신의 치료를 위해 할 수 있는 모든 것을 했고, 의학 지식과 경험을 다 해봤습니다. 그러나 할 수 없다는 결론이었습니다. 저는 B형 간염 보유자로서, 스스로를 못 고치는 의사로서, 간염 환자는 받지 않습니다. 항바이러스제는 저 자신에게도 처방하지 않았고요. 간염 환자를 돌려보내는 게 제 마지막 양심이랄까요…"

그는 내가 경험한 산야초 효소 단식을 궁금해했다. 효과가 있다면 의학 논문감이라고 말했다. 직접 관찰하고 데이터를 모으고 싶다, B형 간염 항체가 생긴다면 논문 쓴다, 단식으로 B형 간염 항체가 생긴 사람 더 알고 싶다, 등등 그는 원하는 걸 솔직하게 드러내서 말했다.

나는 그의 진정성에 설득되었다. 내가 경험한 자연치유 이야기를 공유하지 못할 이유가 없었다. 그에게는 '유레카!' 임에 틀림없었다. 나는 그에게 효소 단식원 전화번호를 보냈다. 필요한 도움은 직접 문의하라고 떠넘겼다고 해야 맞겠다. 며칠 후 그는 서천을 다녀왔다며 단식을 시작했다는 소식도 알려왔다.

그 정도에 그칠 내가 아니었다. 나는 덕과 함께 여행을 떠나 약속 없이 그의 병원을 찾았다. 시내 상가 건물 한 층에 깔끔하고 현대적인 공간에서 가운 입은 중년의 의사가 우릴 맞았다. 원장실 한편에 놓인 산야초 효소 병이 눈에 들어왔다. 과연 그는 2주 목표로 단식하고 있었다. 그간 모은 자료를 자랑스럽게 보여준 뒤 그는 다시 한번 진지하게 말했다.

"이런 세계가 있는 줄 몰랐습니다. 의사로서 부끄럽습니다. 엄연히 있는 치료법을 의사로서 모른다는 것도 죄지만, 환자들을 위해서 그러면 안 되잖아요. 제가 먼저 경험하는 거죠. 제게 B형 간염 항원이 소실되고 항체가 생긴다면, 저는 논문을 쓰고 의학계에 알릴 겁니다. 치료적 단식을 어떻게 현대 의학에 접목할 것인가, 고민해야 한다고 생각합니다."

우리는 그 후에도 수시로 연락하는 간친구로 지내고 있다. 그의 단식 결과는 어떻게 되었을까? 그해 말 아이처럼 들뜬 목소리로 그가 전화로 결과를 전해왔다.

“꿀벌 님~~ 저도 항체가 생겼습니다! B형 간염 항체가 생겼다고요~~~.”

“꺄~~~악! 축하드려요! 수고하셨어요. 너무너무 기뻐요~~.”

“감사합니다. 꿀벌 님께 감사드립니다. 단식원 원장님께도 연락드렸습니다.”

그 순간만큼은 누가 의사고 누가 환자인지 헷갈릴 지경이었다. 그게 벌써 5년 전의 추억이 되었다. 2년 전 겨울 ‘내 몸사랑 자연치유 여행’으로 두 번째 단식하러 간 날 나는 그와 통화했다. 그는 개인 의원을 접고 다른 도시의 시설 원장으로 옮긴 지 제법 된 상황이었다(통합의료 실천을 위한 포석이냐고 묻자 그럴지도 모른다고 답했더랬다). 몸을 새롭게 하고 싶어 단식하러 왔다는 내게 그는 아주 잘하셨다, 좋겠다며 인사했다. 논문은 잘돼가냐 하고 물었더니 그가 한숨 섞인 목소리로 답했다.

“아이고~ 코로나 때문에 논문은 저만치 밀려나 손도 못 댄 지 오랩니다!”

여행은
전복죽

"맛있게 잘돼가는구나. 정 서방은 언제 도착한다노?"

전복죽을 젓고 있는 내 옆을 서성이며 어머니는 몇 번째 같은 질문을 반복했다.

"우리 저녁 먼저 먹을 거예요. 두어 시간 더 있어야 도착한대요."

어머니는 바다 쪽을 내다보며 서성였다. 싱싱한 전복이 듬뿍 들어간 쌀 반 전복 반인 죽이 끓고 있었다. 나는 자꾸 어머니 쪽으로 눈이 갔다. 나와 딸이 팔순 노모와 동해안 친구네 펜션에서 보내는 둘째 날이었다. 암수술 후 3년 만의 첫 가족여행이었다. 모녀 삼대는 8월 말의 해변을 걷고 사방공원에 드러눕기도 하며 휴가를 즐겼다. 덕과 막내아들이 합류하면 1박을 더 보낼 예정이었다.

"어지간히 안 늦으면 정 서방 오면 저녁 같이 먹자."

마음이 안 놓이는지 어머니는 계속 정 서방을 노래했다. 9시가 넘을지도 모른다 했건만 자꾸 묻는 것이었다. 나는 웃어넘겼다.

"아따, 사위 생각하는 장모 사랑 보소~."

동해 바닷가 펜션으로 우리 가족을 초대한 건 고향 친구 순남이었다. 어제 터미널에서 차를 태워다준 것도, 식재료를 댄 것도 친구였다. 친정어머니, 막내 입대, 고향 친구까지. 나로서는 한 번에 여러 의미를 담은 간만의 여행이었다. 친구가 제공한 공간에서 친구가 준비해준 모든 걸 누리며 저녁엔 느긋하게 쉴 작정이었다.

"죽 따로 퍼놨나?"

전복죽이 차려졌을 때 어머니가 물었다. 저녁에 오면 퍼 줄 거라고, 내가 심드렁하게 말했다. 어머니는 퍼서 냉장고에 넣어두라고 다시 말했다. 나는 움직이지 않았다.

"야가, 우예 이래 말귀를 못 알아듣노? 남편 밥 먼저 퍼 놓는 게 뭐 그래 힘드노. 여자들이 좋은 거 먼저 먹고 남편하고 아들한테는 찌끄레기를 준단 말이가?"

어머니의 18번 노래, '남자 먼저'였다. 내 맘이 싸해지니 표정 관리도 쉽지 않았다.

"아랫목에 밥그릇 묻어두던 시절 얘기네요. 차근차근 퍼 먹는데 무슨 찌꺼기가 있고…."

침묵 사이에 어색한 몇 마디가 오가며 죽 그릇들이 비워졌다.

"보자 보자 하니, 니는 우째 그래 못되게 변해가노. 내가 그렇게 가르치더나. 니까지 그럴 줄은 몰랐다. 찌끄레기 주면, 그 남자가 잘되겠나? 그리고 어미가 딸은 제대로 가르쳐야지."

대학 졸업반 손녀딸을 의식한 듯 어머니 목소리엔 위엄까지 더해졌다. 나도 질 수 없었다.

"어머니, 그만요. 도대체 죽 가지고 뭐 하자는 거예요?"

"야가, 누가 할 소릴 하노. 남편한테 잘하라는 소리가 뭐가 그렇게 못할 소리고?"

더 받아치면 또 시끄러워질 것이다. 나는 속을 꾹꾹 누르듯 딸에게 눈으로 말했다. '할머니 엽기지? 이해해라.' 딸이 눈빛으로 화답했다. '할머니 저 정도였어?'

"어머니, 전복죽을 내가 먼저 퍼먹고 남편, 아들한테 찌꺼기 줬다 칩시다. 좋아요. 저는 좀 먼저 먹으면 안 돼요? 예, 어머닌 귀가 닳도록 가르쳤죠. 아들 먼저. 남자 먼저. 시댁에 잘해라, 남편한테 잘해라. 이젠 손녀딸한테도 그 금과옥조를 가르치려고요?"

태어나서 처음으로, 50대 딸년이 80대 친정엄마한테 대들고 있었다. 늦되 먹은 사춘기인가. 암수술 탓인가, 갱년기 때문인가. 나는 말을 멈출 수가 없었다.

"지난번 주왕산 갔을 때도 꼭 이랬잖아요. 입만 열면 정 서방한테 잘해라. 내가 얼마나 더 잘해야 하냐고! 약점 잡혔어요? 됐다잖아요. 정 서방더러 각시한테 잘하라 좀 하시라고요!"

"됐다, 마. 사람이 변해도 우째 그래 못되게 변하노? 죽을라꼬 천성이 변하능갑다."

목소리에 날이 섰다. 설거지하며 딸이 힐끗 할머니와 엄마를 보는 것 같았다.

"니는 니 에미 본받지 마래이. 사람이 저러모 몬 쓴다."

나는 더 듣고 있을 수 없었다. 봇물 터지듯 입에서 말이 쏟아져나왔다.

"아니, 어머니, 제가 암수술 한 번 더 하면 되겠어요? 소름이 돋는다고요. 오빠 암 투병할 때도 오빠보고 올케한테 잘하라 그랬어요? 정 서방한테 잘해라. 말 안 되는 거 알아요? 사위 오면 물어봐요, 제발. 남편 무시하고 좋은 거 먼저 먹고 그렇게 살기라도 해봤으면 좋겠네요. 사위더러 아픈 딸한테 더 잘하라, 그게 맞잖아요? 더 이상 뭘 우째 잘하란 말이냐 고요…."

어머니는 바다를 바라보고 벽에 한 팔을 기댔다. 기운이 없어 보였다. 나는 미동도 하지 않고 있었다. 한숨을 쉬다가 어머니는 조용히 이부자리를 폈다. 굳은 얼굴이 등을 돌리고 누웠다. 창밖엔 동해바다가 더 짙은 색으로 출렁이며 저물고 있었다. 아, 어머니의 뒷모습. 어릴 적부터 내 눈에 익은 모습이었다. 아버지와 다투고 마음이 상하면 저렇게 드러누웠지. 어린 나는 어머니가 안쓰러웠고 어머니의 심기를 살피는 딸이었지.

나는 어머니를 홀로 두고 딸과 함께 펜션을 나와버렸다. 어떻게 저 벽을 넘을까. 딸자식한테 하고 싶은 말이 저것뿐일까. 암수술 후 3년, 점점 건강하고 강해지는 딸이 어머닌 두려운 걸까? 나는 딸과 함께 바닷바람을 맞으며 하염없이 걸었다. 바다를 향해 우리는 소리를 꽥꽥 내질렀다. "야~~~ &%*&$#~~~ 이게 뭐냐고~~~~!" 소리 지르며 웃다가 또 소리 지르다가 딸과 함께 걸었다. 덕이한테서 전화가 왔길래 내가 말했다.

"내가 확실히 미친년이 돼가나 봐. 내가 어머니한테 이렇게 큰소리로 대들 줄은 몰랐어. 어머닌 혼자 드러누웠고 우린 나왔어. 늦는 거 부담 갖지 말고 천천히 와."

늦은 시간 사위와 손자가 왔을 때 어머니는 굳은 얼굴을 풀지 않았다. 막내의 입대 인사도 살갑지 않게 받았다. 그랬다. 나는 이젠 어머니 눈치 보고 비위 맞추는 착한 소녀가 아니었다. '불쌍한 노인네'지만 볼수록 화가 났다. 착한 딸이었는데, 나도 모르겠다. 내 안의 무엇이 이토록 미쳐 날뛰는지 말이다.

가족여행은 완전 '전복죽'이 돼버렸다. 모두 조용히 잠자리에 들었다가 아침을 맞았다. 가장 먼저 일어난 어머니, 굳은 얼굴로 집에 가겠다며 서둘렀다. 친구네 식당에서 점심 먹기로 한 계획도 어머니 안중엔 없었다. 나는 어머니를 말리지 않았다. 터미널로 차를 몰아 배웅해드렸다. 온 가족이 포옹으로 작별했다. 좀 긴 이별이 될 것을 예감하면서.

분노하는 여자
치유하는 여자

나는 분노하는 여자에 꽂히곤 한다. 책에서, 영화에서, 그리고 주변에서. 내 삶이 분노하면서 달라졌기 때문이리라. 분노는 나를 치유하고 해방하고 성장시키는 에너지였다.

살면서 분노하는 여자가 칭찬받는 걸 본 적 있던가? 화내는 여자치고 욕 안 먹는 경우를 본 적 없었다. 여자의 분노는 '죄'와 '추함'의 다른 이름이었다. 화내지 않고 미소로 조용히 넘어가는 여자에게 칭찬과 존경이 돌아가지 않던가. 그랬다. 그동안 배우고 실천하려 애쓴 '여자의 미덕'은 거짓으로 밝혀지고 말았다. 허울 좋은 껍데기고 개소리였다.

영화 〈82년생 김지영〉을 분노하는 여자의 눈으로 다시 보았다. 김지영에게서 젊은 날의 내가 보였다. 다시 봐도 가슴이 답답하고 눈물이 쉼 없이 쏟아졌다. 저 때는 자기 속마음을 다 드러내지 않는 게 좋은 아내, 좋은 연인인 줄 알았더랬지. 세상이 젊은 여자에게 기대하는 모습이 그랬으니까. 기대를 저버리면 욕을 먹었으니까. 지영이처럼 '다 가진' 여자가 어찌 화를 내겠는가. 화나게 하는 구조가 보여도, "별게 다 섭섭해." 하며 넘어가는 게 미덕이었다. 화내지 않는 지영은 결국 해리장애 환자가 되었다.

지영의 엄마에게 눈을 돌려보자. 공무원 남편과 시어머니에 세 아이가 모두 엄마의 돌봄 대상이었다. 손에서 일을 놓은 적 없이 열심히 산 엄마다. 집안을 일으키고 가족 뒷바라지를 훌륭히 해낸 엄마는 중년에도 식당 일을 계속하고 있다. 아빠는 퇴직해서 이제 한가하게 친구 만나며 쉴 수 있지만 엄마의 노동이 끝나기엔 아직 멀어 보인다.

지영의 엄마가 분노를 터뜨리는 장면이 있다. 아빠가 아들을 위해 한약을 지어온 날이었다. 아픈 지영이 때문에 눈물 흘리며 누워 있던 엄마가 총알처럼 튀어나온다. 부자 앞에서 한약 상자를 패대기쳐버릴 때, 쓰레기처럼 약봉지들이 바닥에 널브러진다. 엄마는 지영아~ 오열하고 미친 듯 소리 지른다. "이게 다 뭐라고. 이까짓 게 다 뭐라고!" 한약봉지로 상징되는 그 무엇, 부서져야 할 공고한 질서와 신념을 향해 엄마는 분노로 '죽빵'을 날린다. 영화의 흐름을 바꾸는 분노였다.

화내는 여자는 나쁜 여자?

〈82년생 김지영〉과 달리 〈세자매〉의 미옥은 분노하는 젊은 여자다. 미옥네 4남매와 엄마는 아빠한테 폭력을 당한 사람들이다. 엄마처럼 저항하지 못하는 큰딸 희숙(김선영). 매사에 완벽하고 반듯해 보이는 기독교인 둘째 미연(문소리). 셋째 미옥(장윤주)은 알코올에 의존하며 수시로 분노하는 글쟁이다. 아버지의 생일 가족 모임에서 미연과 미옥이 폭발하며 아버지에게 사과를 요구한다. 아버지는 사과하지 않고 자기 머리를 창에 들이받는다.

세 자매는 정확히 나를 3분할한 모습이었다. 미연이는 겉으로 보이는 내 모습이다. 믿음의 가정, 목사 사모, 그리고 교회에 충성하던 나다. 암과 함께 나는 딱 희숙으로 살 수도 있었다(개성과 목소리를 죽이고 남 보기 좋게 살려 했으니까). 미옥이는 극소수 사람들만 아는 내 모습이다. 혈기와 광기를 조신함으로 덮어왔건만, 암과 갱년기로 분노를 터뜨린 걸 보라.

여기에 한 사람 더, 세 자매의 엄마도 내 모습이었다. 엄마는 아버지한테 사과를 요구하는 자식들 앞에서 남편을 변호했다. "이제 그런 사람 아니다. 내 죽는 거 볼라카나!"

아버지 앞에 절절매며 자식들을 더 화나게 했다. 나도 '좋은 아내'는 남편의 아바타 같아야 하는 줄 알았다. 그에게 잘 보이고, 사랑받고, 화목한 가정을 지키려면 그래야 하는 줄 알았다. 솔직한 목소리를 내면, 그가 마음 상할까 봐, 사랑을 잃을까 봐, 그에게 죽자고 맞춰 살았다.

나는 왜 화내는 여자를 나쁜 여자라 여기게 됐을까? 어릴 때 부모가 다투고 불화한 걸 보는 게 너무 싫었다. 결혼은 안 하는 게 좋겠구나, 조숙한 소녀는 눈치챘다. 만약 내가 결혼한다면, 내가 받은 상처를 자식들에게 대물림하지 않으리라 마음먹었다. '화내지 않는 아내 신화'는 그렇게 만들어졌다. 성경을 잘못 적용한 탓도 있었다. "사랑은 성내지 아니하며"라든가 "노하기를 더디 하라" 또는 "분노하지 말라"라는 구절. 분노는 곧 '회개할 죄'였다. 정황과 맥락이 빠진 문자주의적 해석이 한몫했다.

사람이 왜 이유 없이 분노하겠는가. 분노하지 않는 인간이 인간일까? 개소리를 참 정성스럽게도 가르치고 배웠음이 드러났다. 정황과 맥락 없는 율법은 사람을 옥죄고 병들게 하는 법. 게다가 내겐 자격지심도 있었다. 내가 아주 '감정적'이고 '충동적'이라는 자기비하였다. 내 감정을 수용하기보다 부정하는 게 익숙했다. 그러니 갱년기 덕분에, 분노를 표출해야 하는 감정으로 받아들이게 되었다. 알고 보니 분노는 나를 이끄는 창조적 힘이었다.

분노에는 그만한 이유가 있다

영화 〈거룩한 분노〉 속 여성들의 분노는 달랐다. 지영이 엄마나 세 자매의 분노는 사적 영역에 머무는 한계가 있다. 여성의 분노란 자식을 위해, 자식을 살리고자 하는 엄마에게나 겨우 허용되는 감정이었다. 그러나 로라는 가부장적인 사회와 교회가 요구하는 '질서'에 분노로 도전한다. 남편과 시아버지와 아들들에게만 분노를 표출하는 것이 아니었다. 다른 여성들과 연대하고 세상을 향해 분노하며 적극적으로 행동한다. 성차별적인 법을 바꾸고 여성 투표권을 쟁취한다.

《무엇이 여성을 분노하게 하는가》라는 책은 여성의 분노에는 그만한 이유가 있다고 설파한다. 책을 한 문장으로 압축하라면, "분노와 죄책감은 양립할 수 없다"로 하겠다. 나는 가정에서 학교에서 사회에서 너무 잘못 배웠다. 나를 분노하게 하는 부조리를 견디는 시시포스였다. 나의 존재를

축소하고 죄책감을 느끼게 하는 통념에 막혀 있었다. 무력한 인간으로 죽게 버려두지 않고 내 안에서 결국 폭발해준 분노 에너지가 나는 이제 고맙다.

《아름다운 분노》는 단도직입적인 제목의 책이다. 분노함으로써 자신을 바꾸고 세상에 위대한 족적을 남긴 여성들에 관한 이야기다. 분노는 아름답고 분노는 중요한 감정이다. 나는 분노하며 몸과 마음의 치유를 경험했다. 나로, 더 나답게 살게 되었다. 분노하며 나와 주변과 새로운 관계를 맺고, 세상을 새롭게 보며 행동하게 됐다. 분노하는 나는 더 멋있는 인간으로 성장하고 있다. 내 몸이 더 건강하고 강해지는 건 말할 것도 없다! 분노의 힘이다.

"분노를 표현하고 그것을 반복함으로써 여자는 성장한다!"

특별한
겨울여행

2020년 연말 특별한 겨울여행을 했다. 이름하여 39일(11/20~12/28)간의 '내 몸사랑 자연치유 여행'이었다. 영덕 자연생활교육원에서 9박 10일, 서천 산야초 단식원에서 2주 단식, 그리고 집에서 2주 보호식을 하는 일정이었다. 암수술 후 일곱 번째 새해를 맞는 내게 주는 특별한 상이자 치유 여행이었다. 단식으로 비워진 새 몸으로 칼바람 부는 선자령에 오르는 게 여행의 '화룡점정'인 계획이었다.

6년 만에 다시 하는 단식은 최고의 치유이자 휴가가 됐다. 주중엔 매일 1만 2000보 이상 걷고 맑은 정신에 최고의 집중력을 유지하며 글을 썼다. 단식 전 체중 48킬로그램, 단식 2주 후 44.4킬로그램, 보호식 2주 끝난 다음 날 아침 46.3킬로그램. 6년 전 3주 단식 때보다 체중 변화가 적고 회복도 잘되어 모든 기록이 좋았다. 평소 몸무게인 48킬로그램으로 1년여간 회복되어 지금까지 유지되고 있다.

단식과 보호식 끝낸 몸으로 선자령을 오른다고? 맞다. 선자령은 백패킹 3대 명소, 국가 숲길 1호, 명품 숲길 같은 화려한 수식어가 붙는 산이다. 한편 변화무쌍한 날씨와 갑작스러운 기류 변화로 헬리콥터 조종사들에겐 '비행 주의' 지역으로 통한다. 나는 백두대간 종주도 겨울 눈꽃 트래킹도 안 해봤지만, 단식으로 단련된 몸에 선자령 정도는 가벼운 코스가 됐다.

10여 년 전 아이들이 청소년일 때 가족여행으로 갔던 게 선자령과의 첫 만남이었다. 그땐 정상 찍고 양떼목장을 돌아 눈 쌓인 산길을 내려왔더랬다. 더 길고 더 추운 경로였다. 2020년 겨울에 두 번째, 2022년 새해 가족여행은 세 번째 겨울여행이다. 그러니까 이 글은 선자령과의 두 번째 만남을 기록한 이야기인 셈이다.

선자령에서

2020년 12월 28일 아침 6시 40분 덕이와 함께 안산에서 출발했다. 안개 낀 고속도로를 달려 강원도에 들어서니 해

기운이 조금 비쳤다. 선자령 주차장에 닿으니 하늘이 조금 더 맑아졌다. 양지바른 입구에 선 이정표가 선자령까지 5킬로미터 거리라고 가리키고 있었다. 해발고도 7~8부 능선에서 시작하는 셈이다. 임도를 걸어 통신탑을 지나 전망대로 갔다. 겨울 숲길은 깊고 아름다웠다. 마른 땅도 걷고 질척이는 구간도 걸었다. 싸락눈이 얇게 깔린 길이 있는가 하면 발이 푹푹 빠지는 눈길도 있었다. 눈 속에 솟은 야생화 팻말들만이 이곳이 야생화 산이란 걸 보여주었다. 그러나 좀 싱겁다 싶게 춥지 않은 날씨였다.

죽죽 뻗은 일본잎갈나무와 전나무숲 다음엔 키 작고 꼬불꼬불한 나무들이 이어졌다. 신갈나무, 굴참나무 등 익숙한 떡갈나무 종류인데 볼수록 독특한 외양이었다. 오를수록 눈에 들어오는 나무가 한결같이 꼬불거렸다. 정상에 가까워질수록 나무들이 개성을 한껏 드러냈다.

역시 1157미터 정도는 돼야 산에 오르는 맛이 있다. 정상 가까이 풀밭 언덕에 드러누워 풍차 소리 바람 소리를 들었다. 내려다보이는 능선마다 거대한 바람개비의 행렬이었다. 자연과 인간이 함께 만드는 바람이 있는 곳. 작은 몸을 누이니 내 아래 더 낮게 누운 마른풀들이 나를 받아줬다. 바람은 거세지만 하늘과 열은 햇살이 나를 어루만졌다. 주

차장에서 출발 후 1시간 40분 걸려 우리는 정상에 설 수 있었다.

앞에서 날씨가 싱겁다고 했던가? 정상엔 '끝내주게 매운' 칼바람이 불고 있었다. 바람 앞에 장사가 없었다. 정상 표지석도 사람도 나무도. 모자를 두 겹으로 썼지만 귀가 떨어져 나갈 듯 시렸다. 바람을 버티며 서 있기도 사진 찍기도 어려웠다. 땀이 식어 몸은 찬데 내 몸은 너무 가벼웠다. 더 머물고 싶었지만 바람이 떠미는 통에 하산해야 했다.

내려올 땐 하늘이 조금 더 걷혀서 전망대에서 강릉 시내와 동해를 볼 수 있었다. 그곳 바람은 견딜 만했다. 따뜻한 물로 목을 축이며 잠시 숨을 돌리고 다시 걸었다. 3시간 10분 걸려 우리는 주차장으로 돌아왔다.

보호식을 끝낸 터라 점심으로 식당 밥을 먹기로 했다. 채식 식당 찾기는 포기했다. 이럴 땐 무얼 먹느냐 말고 어떻게 먹느냐에 집중하기로 했다. 즐겁게, 가볍게, 꼭꼭 씹어서, 적정량으로! 겨울여행 대장정의 마무리는 강원도 막국수로 즐겼다. 그날 스마트 워치엔 1만 9970보를 걸었다고 기록되어 있었다.

칼바람을 견딘 몸

겨울 선자령에서 너는 무엇을 보았느냐? 칼바람이 윙윙 질문하고 있었다. 나는 바람을 보았노라 대답했다. 그래, 또 무엇을 보았느냐? 나는 망설임 없이 대답할 수 있다. 칼바람을 버틴 나무들을 보았노라고.

선자령에서 본 나무의 이미지와 정상이 가까워질수록 꼬불꼬불하게 자란 가지들. 밑동부터 이리 휘고 저리 휘며 자란 나무들이다. 내 눈에 사라지지 않는 잔상으로 남았다. 사시사철 불어대는 바람이 나무를 그냥 두지 않았으리라. 온몸으로 버텨내느라 지울 수 없는 칼바람의 기록을 품은 몸으로 자랐으리라.

내 몸을 닮은 나무들이었다. 지금 이 모습 이대로가 전부인 몸이었다. 내 삶에도 바람이 불었고, 때로 칼바람이었다. 어디서 오고 어디로 가는지 알지 못했다. 내 몸은 칼바람에 휘어지고 속수무책으로 흔들려야 했다. 높이를 줄이고 부피도 줄이고 아래로 웅크려 버텨야 했다. 칼의 흔적을 품은 내 몸이 선자령에 있었다.

선자령 칼바람 소리가 지금도 귀에 들린다. 바람 앞에 선 나무들이 또렷이 보인다. 흔들리고 휘어지며 버텨내고 있다. 나는 또 가고 싶고, 그들이 보고 싶다. 꾸불꾸불 삐뚤삐뚤, 선자령의 나무들을 보고 싶다. 정상 가까이 갈수록 더 꾸불꾸불한 몸들. 칼바람의 흔적을 품은 우리. 또 가서 기쁘게 포옹하고 싶다. 바람 속에서 우리 목소리를 듣고 싶다.

그래, 너구나. 그래, 이런 몸이구나. 나는 나에게 왔다. 내 몸아, 내 간아, 고맙다! 칼바람을 버텨낸 몸, 지금 그대로 멋지다! 꼬불꼬불 삐뚤삐뚤 흔적까지 멋지다!

4장

해방,
사랑,
그리고 새 길

위기의 여자

"제목을 보는데 울컥합니다. 연극 안 보고도 벌써 눈물이 날 거 같아요. 제가 암 수술에 이어 갱년기 여자의 심리 변화를 혹독하게 겪었고 지금도 통과 중이거든요. 사춘기보다 천 배는 강렬한 변화, 위기죠. 내가 위기의 여자면, 남편은 위기의 남자일 수밖에요. 잉꼬부부라 자부한 결혼 27년이, 여자에겐 세뇌와 굴종의 세월이었다는 이 깨달음을 어찌해야 할까요."

-2017년 1월, 내가 인터넷에 쓴 연극 기대평 이벤트 응모글

연극 〈위기의 여자〉 기대평 이벤트에 응모했다. 설 연휴 초대권이라 망설임 없이 글을 썼다. 암수술 후 세 번째 맞는 새해였다. 갱년기 쓰나미는 대단했다. 나는 몸과 마음이 이

끄는 대로 따라가며 치유하고 있었다. 맏며느리 명절 노동은 그 길에 설 자리가 없었다.

연극 볼 걸 기대하며 소설《위기의 여자》를 먼저 읽었다. 일기 형식의 일인칭 소설인데 원제는 '꺾인 여자' 또는 '지쳐버린 여자'였다. 책 제목이 훨씬 절절하게 와닿았다. 44세 전업주부 모니끄는 어느 날, 남편 모리스에게 좋아하는 여자가 있다는 고백을 듣는다. 배신감에 떨며 일기를 쓰기 시작한다. 무너져가는 자신을 붙드는 몸부림의 글쓰기였다.

모니끄는 자기를 필요로 하는 사람에게 "전적으로 헌신하기 위해" 직업을 갖지 않고 살았다. 심한 갈등의 순간에도 정면충돌을 피하며, 타협하며, 남편에게 양보하며 살아왔다. 자기 부부를 이상적으로, 자랑스럽게 생각하다 인생의 막다른 골목에 몰린 중년이었다. 모니끄의 일기 중 내 가슴에 콕 들어오는 한 문장이 있었다. "(만약 모리스가 치사한 인간이라면) 나는 그를 사랑하느라고 내 인생을 망쳐버린 셈이 된다." 절절하게도, 암과 갱년기가 새롭게 요약해준 내 인생으로 읽혔다.

알고 보니 기대평 이벤트에 나만 응모한 게 아니었다. 위기의 엄마 아빠를 위한 선물로 우리 딸이 쓴 응모글이 당첨되었다. 딸의 응모글은 내가 봐도 뽑아줄 만했다.

"위기를 헤쳐나가고 있는 엄마에게 선물하고 싶어요!!"

작년 초 갱년기를 맞은 엄마로 인해 저희 집에 큰 변화가 일어났습니다. 엄마가 그동안 양보하고, 참고, 웃어넘겼던 걸 터뜨리면서, 누구보다 사이좋아 보였던 아빠와도 엄만 더이상 못 살겠다고 선언했죠. 평소 주변 사람들이 부러워할 정도로 잘 지냈고, 저희 형제들도 엄마 아빠 같은 부부가 되고 싶다 해왔으니, 엄마를 제외한 가족들이 받은 충격은 엄청났습니다. 다행히도 기본적으로 대화하는 가족이었기에 엄마와 아빠, 그리고 엄마와 저희 형제들은 끊임없는 대화와 토론(!!)을 해 왔습니다. 그동안 듣지 못했던 엄마의 목소리, 미처 헤아리지 못한 엄마의 마음을 알게 되었죠. 엄마도 우리와 다를 바 없는, 감정과 욕망을 가진 인격체임을 새삼 깨달았습니다. 이 연극은 저희 엄마에게, 그리고 아빠에게 좋은 선물이 될 것 같아요.

-같은 이벤트에 당시 대학생이던 딸이 쓴 응모글

덕분에 나와 덕은 오랜만에 함께 연극 나들이를 했고 〈위기의 여자〉를 두고 토론할 수 있었다.

숙: 남자로서 당신이 모리스 입장을 변호해봐. 듣고 싶어.

덕: 특이한 남자는 아니라고 봐야지? 잘 이해되던데?

숙: 그래? 나는 책 읽었는데도 그 인간 속 터져서 못 듣고 있겠던데. 사람들도 봤지. 아! 하고 객석에서 막 한숨 터졌잖아. 어이없어서 헛웃음 웃는 거 봐.

덕: 당신이 늘 그랬잖아. 남자는 세상이 남자 중심으로 돌아가는 걸 당연하게 생각한다고. 모리스에게 노엘리와의 정사는, 모니끄만 이해하면 될 정도의 작은 문제였어.

숙: 미친다. 이미 8년 전에 모니끄를 사랑하지 않게 되었다? 개소리하는 거 봐. 그 지경에도 당신이 소중하다, 당신이 슬퍼지는 거 원치 않는다는 소린 뭐야?

덕: 당신하고 워낙 이야기해서 그런가. 딱 보이던걸. 기울어진 운동장. 모니끄는 사회생활을 포기하고 전업주부로 남편에게 헌신했는데 남편은 배신으로 돌려준 거지.

숙: 그럼 내가 모니끄에게 감정이입 하는 건 이해돼?

덕: 당연하지. 핵심은 주부냐 사회생활 하냐, 그보단 더 깊은 거라 봐. 여자를 어떻게 생각하느냐는 통념. 남자도 여자도 당연한 줄 알고 있던 게 위기에 봉착해서 와르르, 실체로 드러나는 거야. 남녀가 근본적으로 불평등, 불공정

한 관계라는 게 드러나잖아.

숙: 좋아. 좀 더 자세히 보태봐.

덕: 여자가 남편 중심으로 사는 걸 지금도 당연히 여기잖아. 동등한 인간이면 당연히 여자도 자기로서 삶이 있는 건데. 결혼 안에서 여자의 삶은 남편 다음 2순위로 밀려나잖아.

숙: 그럼 당신은 모니끄가 잘못 살았다고 생각해?

덕: 모니끄가 아! 잘못 살았구나, 깨닫는 지점은 좋더라. 당신도 수없이 말했잖아. 잘못 살았다고. 너무 사랑한 게 잘못이라고. 여자의 성품엔 헌신적인 사랑, 그런 게 분명히 있어. 모성처럼. 그걸 남자가 이기적으로 교묘하게 착취하고 더 강화하고 이용하는 게 문제지. 여자가 희생과 헌신에 매몰되지 않고 자기로 살도록 기회를 주고, 평등을 시스템으로 지지해야 해.

숙: 모니끄가 자기를 몽땅 희생하지 말고 자기 삶을 살도록, 모리스가 모니끄를 도와줘야 했다고 말하는 거야?

덕: 그게 남성 중심으로 돌아가는 세상의 한계지. 안 보이고 안 보려 하니까. 당신처럼 여자가 깨어서 싸워야 해. 평등이란 게 결혼제도 안에서 그만큼 어렵단 말이지.

숙: 연극 결말은 어떻게 봤어? 모니끄의 앞날 말이야.

덕: 이제 새로운 문 앞에 섰다 했던가? 스스로 자기 길을 찾아 나서겠다는 거 아닐까?

숙: 극 중 대사와 비슷한데, 소설 《위기의 여자》에서 맨 마지막도 이랬어. 들어 봐. "나는 지금 문지방에 서 있다. 내 앞에는 이 문과 그 뒤에서 엿보고 있는 것 이외에는 아무것도 없다. 나는 두렵다. 그러나 누구에게도 구원을 청할 수는 없다. 나는 두렵다."

덕: 모니끄도 솔직히 미래가 두렵다고 했구나. 안 가본 길 가겠다는 마음을 잘 표현했네.

숙: 열린 결말이니까, 생각해보자고. 모니끄는 나중에 모리스와 이혼할까?

덕: 당신한테 이혼 소리 하도 들었더니. 하하하. 모리스가 안 달라지면 결국 하겠지?

숙: 이혼이란 말 대사엔 없었잖아. 60년대 후반, 보부아르는 계약 결혼하고 자유롭게 산 것 같지만 다른 여자들처럼 맘고생 다 겪었잖아. 사르트르 여성 편력이 어지간했어야 말이지.

덕: 아, 그러네. 모니끄가 이혼이란 말을 하진 않았네.

숙: 당신 말이야. 알까? 내가 아내나 엄마 말고 한 인간으로서, 꼭 하고 싶은 게 뭐였지?

덕 : 글쓰기잖아.

숙: 좋아. 그런데 〈위기의 여자〉 보고 생각하니 내가 꼭 하고 싶은 게 하나 더 있더라고.

덕: 그것도 알 거 같은데? 여행 아냐?

숙: 맞아. 안 잊었네. 그럼 내가 지금 위기의 여자란 것도 인정해?

덕: 알지요 마님. 건강관리, 글쓰기, 여행, 눌렸던 자아실현, 물심양면 지지하겠습니다.

숙: 슬프다, 저 립서비스. 맘껏 자아실현 하려고 보니 돈이란 게 딱 걸리던데? 어쩌지?

덕: 죄송합니다, 뜻있는 곳에 길 있다. 길을 열심히 만들어봅시다!

숙: 그래서 말인데. 이만큼 건강 회복하니 나 진짜 해외여행 제대로 하고 싶어. 너무 간절해. 그리고 이건 선언인데. 조만간 나 가출할까 봐. 나 혼자 국내 여행 몇 박 정도라도 해보고 싶어. 위기의 여자, 문 열고 나가다! 무슨 뜻인지 알겠지…?

겸손의 탈

2017년 8월 어느 독서 모임에서 내가 했던 짧은 스피치를 공개한다.

지난번 토론한 책 《모멸감》(김찬호, 문학과지성사, 2014)으로 시작하겠습니다. 책 본문이 아니라 벤자민 콸스의 《미국 흑인사》에서 인용된 작은 글씨 있었죠. "노예는 항상 자신에게 가장 이익이 된다고 생각하는 방식으로 행동했다"로 시작하는 단락입니다. 몇 문장만 가져와서 함께 읽으며 제 생각을 나눠보겠습니다.

"그러므로 그는 겸손의 탈을 쓰고 비굴하게 아첨했다. 주인에게 사랑스런 인상을 주도록 어린아이 같은 태도를 취하고 완전히 주인에게 의지했다." 그다음 문장은 이렇습니다. 노예는 "약간 바보인 체"했는데 이건 그의 "또 다른 생존 방

법"이었다고 하네요.

제게 꽂힌 단어는 노예의 '행동 방식' 또는 '생존 방법'입니다. 사람마다 나름의 생존 방법이 있잖아요? 살자면 어쩔 수 없이, 안 하면 죽음이겠구나 판단할 때, 여러분은 어떤 생존법을 구사하나요? 그런데 노예의 생존 방법이요, 제겐 너무 익숙했습니다. 이상한가요?

'노예'를 '나'로 바꿔 넣어 읽어 보겠습니다. "나는 항상 자신에게 이익이 된다고 생각하는 방식으로 행동했다. 그러므로 나는 겸손의 탈을 쓰고 비굴하게 아첨했다. 주인에게 사랑스런 인상을 주도록 어린아이 같은 태도를 취하고 완전히 주인에게 의지했다. 그리고 약간 바보인 체했다. 이것이 나의 또 다른 생존 방법이었다."

제 태도를 아주 정확히 묘사하고 있네요. 지난 토론에서 제가 열변을 토하다가 마침내 '나'를 넣어 이 부분을 읽어버렸습니다. 그러자 토론 진행자가 제게 물었어요. "그럼, 거기서 주인은 누구죠?" 좋은 질문 아닌가요? 제가 바로 답했습니다. "가부장제이고 종교권력이며, 제 남편입니다." 심한가요? 제가 오랫동안 겸손의 탈을 쓰고 살았거든요.

사전적으로, 겸손은, '남을 존중하고 자기를 내세우지 않는 태도'라고 나옵니다. 그런데 노예가 겸손할 게 뭐 있길래요? '겸손의 탈'을 썼다고 했습니다. 겸손과 겸손의 탈이 뭐가 다르죠? 상대적으로 내세울 게 있는 쪽에 요구되는 게 겸손입니다. 굳이 말하자면 노예가 아니라 주인에게 겸손이 필요하죠. 그런데 노예에게 겸손을 요구한다? 형용모순이죠.

노예가 자기로 살고 있나요? 남을 무시하고 자기를 내세우며 부릴 권력이 있나요? 구조적으로 노예가 오만하면 죽음이잖아요. 다 뺏기고 부정당하고 사는 게 노예죠. 그런 그가 강한 자를 존중하려고 자신을 더 낮춰요. 겸손의 탈입니다. 줏대 없고 자기가 없는 양, 주인에게 굽히는 태도를 선택합니다. 왜요? 주인 기분 맞추느라. '탈'을 쓰는 생존 전략입니다.

제가 하고 싶은 말은 이렇습니다. 누군가 겸손해 보인다고, 그게 다 겸손이 아니라는 말입니다. 정황과 맥락을 봐야 한다는 겁니다. 노예는 겸손한 게 아니라 비굴하게 아첨하는 겁니다. 불의한 구조가 힘 가진 자 중심으로 기울어 있어서, 노예는 원치 않게 그런 태도를 취한다는 겁니다. 이런 힘은, 두들겨 패지 않아도 폭력이고 차별이고 억압입니다.

남성 중심 사회에서 여성의 생존 전략이 바로 '겸손의 탈' 아닌가요? 가부장제는 남성이란 권력이, 노예 주인처럼, 여성 위에 있는 구조니까요. 아내는 남편 앞에서 노예가 취한 생존 전략을 씁니다. 남녀 관계에서 여자는 남자 기분을 살피며 비굴하게 아첨하고, 화내지 않고, 알아도 모르는 척, 그를 의지하는 척해야 합니다. 그걸 사랑스러운 여자라고 하니까요. 설마 저만 그랬나요?

그럼 끝으로 '노예'를 '여자'로 바꿔 인용문을 읽어보겠습니다. "여자는 항상 자신에게 이익이 된다고 생각하는 방식으로 행동했다. 그러므로 여자는 겸손의 탈을 쓰고 비굴하게 아첨했다. 남자에게 사랑스런 인상을 주도록 어린아이 같은 태도를 취하고 완전히 남자에게 의지했다. 그리고 약간 바보인 체했다. 이것이 여자의 또 다른 생존 방법이었다."

내가
가부장적이라고?

숙: 우리 사이에는 희망이 없다고 봐. 너한텐 의지도 능력도 안 보여. 그저 좀 버티면 내가 다시 제자리로 돌아갈 거로 생각하겠지.

덕: 아냐. 내가 잘 들으려고 노력하잖아.

숙: 진짜 모른다면 자꾸 묻든지 책을 찾아보든지 하겠지. 내가 희망 없다고 그렇게 난리 치는데 너는 책도 안 보잖아. 속 좁은 나를 견뎌주는 어진 남편이지? 지금까지 그래왔으니까. 결국 감정노동하고 마음을 낮추고 바꾸는 건 나고, 너는 좋은 남편이 되지. 우린 잘못 배우고 잘못 살았어. 나 이젠 그렇게 안 살아.

눌렸던 스프링이 튀어오르듯 '이혼'이란 말이 내 입에서 처음 나온 건 2016년이었다. 암수술 후 2년, 몸과 마음은 확

실히 건강해지고 있었다. '재발의 두려움'을 넘어 몸의 주인으로 강해지는 증거였을까. 나는 진심으로 이혼을 고민하고 있었다. 26년을 지켜온 '신성한 가정'이 너무 낯설고 낡아 더는 입을 수 없는 옷 같았다. '좋은 남편'은 알수록 '말 안 통하는 남자'일 뿐이었다. 나를 누르고 갈아 넣으며 살 순 없다고, 나는 아우성쳤다.

나는 갑자기 세상의 모든 이혼에 절절하게 공감했다. 중년의 별거, 가출, 분방, 졸혼, 그리고 한 지붕 아래 살아도 남남인 경우까지. "하루를 살아도 행복하게 살고 싶다" 외치는 황혼이혼도 내 일처럼 이해됐다. 그런 결론에 도달하기까지 그들이 어떤 삶을 견뎠겠는가.

내 삶 전체가 낯선 어디론가로 가고 있었다. 나는, 그리고 우리는 과연 다른 삶을 살 수 있을까? 잘못된 전제 위에 세워진, 해오던 대로 가는 길은 죽어도 싫었다. 내 앞엔 두 길이 보였다. 26년 결혼생활을 깨끗하게 정리하기. 아니면 내 남자와 전제를 바꾸고 전혀 다르게 살아보기. 둘 다 어렵긴 마찬가지였지만, 선택지는 그것뿐이었다.

계속 살 거면 우리 다르게 살자, 날마다 토론하고 싸우던 2017년 3월 어느 날이었다. 안산여성노동자회에서 온 문자 메시지 한 통. 눈이 번쩍 뜨이는 소식이 담겨 있었다. 페미니즘 책모임을 새로 만드는데 첫 모임인 《82년생 김지영》 토론에 초대한다는 내용이었다. 나는 반사적으로 문자를 덕에게 보여주며 담백하게 물었다.

"어때? 여기 같이 갈래? 다른 사람들 이야기 좀 들어보고 싶다 그랬잖아."

"그래"라고 그가 대답하는 데 1초도 안 걸렸다. 그럴 만한 일이 있었다. 그의 제안으로 우리가 서울 큰 서점에 간 게 바로 며칠 전이었다. 새롭게 살자면서 새로운 책도 안 보는데 무슨 희망이 있냐, 하고 한바탕한 결과였다. 서점에서 그는 홀로 '페미니즘' 코너에서 긴 시간을 보냈다. 나는 일부러 다른 쪽에 있었다. 생애 처음으로 그가 직접 페미니즘 책을 고르고 산 날, 그의 손엔 록산 게이의 《나쁜 페미니스트》가 들려 있었다.

"페미니즘은 왜 불편하고 두려운가?" 뒤표지 카피가 덕의 불편하고 두려운 마음인 양 도드라져 보였다. 그는 그 책을 선택하며 결심하기라도 한 듯, 내게 새로운 제안을 했더랬다.

"제대로 공부해봐야겠어. 이런 주제를 같이 공부하고 대화할 팀을 한번 찾아보자."

치열하게 대화는 했지만, 다르게 살자 했지만, 낯선 사람들과 하는 페미니즘 토론까지 생각한 건 아니었다. 둘이라도 같이 새로운 걸 읽고 공부하며 소통하자, 그걸로 부족하면 친구들을 찾아 이야기해보자, 그 정도였다. 결혼생활을 통해 수없이 경험했기 때문이었다. 내가 그의 '코를 꿰어 끌고' 어딜 가자면, 떠오르는 말이 있었다. 말을 물가로 끌고 갈 순 있어도 물을 먹게 할 순 없다고. 그런데 이프의 '토론 초대장'을 그가 덥석 받아들인 것이다.

안 들리던 귀가 갑자기 뚫리다

이프에서 나는 '물 만난 고기'였다. 서울까지 안 나가고 가까이서 토론할 수 있으니 얼마나 좋은가. 내 안엔 밖으로 나오고 싶어 하는 말이 쌓이고 쌓여 있었다. 《82년생 김지영》 토론에 온 사람들은 여자 여섯 명에 남자는 덕이 한 명이었다. 낯선 조합에 '끼려고' 덕은 회비를 내고 여성노동자회 회원으로 가입하기까지 했다. '이혼 위협' 때문에 별일을 다? 나는 거기서 딱 '62년생 김지영'이었다. 실은 모두 김지영이었다. 한 김지영이 분노하면 다른 김지영들이 떼로 박수 치고 공감하는 자리였다. 덕은 그 충격을 이렇게 말했다.

"여자분들이 이렇게 공감할 줄 몰랐네요. 안 들리던 귀가 갑자기 뻥! 뚫리면 이렇지 않을까 싶어요. 좀 충격이네요. 아내한테 수없이 듣던 말인데. 제가 못 본 게 많았구나 싶네요. 제가 1퍼센트에 드는 좋은 남편 소리 들었거든요. 독이었나 봐요. 가부장적인 집안의 장남에, 5남매 중 유일한 대졸인데도, 저는 절대 아들 편애, 특권, 그런 거 없었다고 생각했어요. 나는 절대 가부장적인 남자가 아니라 믿었거든요."

이프는 우리의 '다시 살기' 연습장이자 해방구가 되었다. 의문을 가져본 적 없을 정도로 가부장제에 익숙한 남자와 여자라, 그땐 얼마나 엄청난 건지 알지 못했다. 낡고 익숙한 옷을 벗고 다른 옷을 입기 시작했달까. 우리 안에 뱅뱅 돌던 질문들이 언어를 찾아갔달까. 토론 2년을 마무리하는 2018년 12월 모임에서 덕은 이런 소회를 털어놓았다.

“지팡이 역할을 해준 모임이다. 덜컥 넘어진 기분이 들 때, 머리론 안다 싶었는데 실전에서 깨질 때, 막막했다. 그래도 페미니즘이 지팡이였다. 뒤로 돌아갈 순 없는 길이었다. 지팡이, 그리고 내겐 최고의 선생님인 숙이 있어서 가능했다.”

그때 회원들이 이프에 대해 털어놓은 소감도 다들 비슷했다. 우리 모두에게 해방구가 필요했다. 모두가 평어 쓰며, 익숙한 질서에 질문하고, 새로운 공동체를 상상하는 해방구가 이프였다.

“의식 못 한 내 안의 가부장제를 보게 되니 괴롭고, 그러면서 더 자유롭고.”

“20대만이 아닌 다양한 연령, 다양한 여성의 목소리를 듣는 기회, 연대의 장.”

“쉬운 책으로도 깊이 토론하는 맛. 거칠게 말해도 다 알아듣는 소통의 공간이었다.”

“이런 논제와 체계적 토론은 처음이다.”

안산여성노동자회 페미니즘 토론 모임 '이프'가 여섯 살이 되었다. 코로나 시국에도 한 달 한 번 책 또는 영화를 각자 보고 쉼 없이 줌으로 토론하고 있다. 나는 2018년부터 이프의 토론 진행자요 모임지기가 됐고, 짝꿍 덕은 개근하는 남성 회원이다. 우리 딸도 합류했고 가끔 아들들도 함께한다. 우리 가족 모두는 페미니즘 공부와 토론으로 '다시 살기' 중이다. 정기 모임 외에도 이프는 번개와 공동체 상영으로 영화 토론을 즐기고 있다. 남녀노소 모두가 평어를 쓰며 토론하는 이프에 올해 세 번째 남성 회원이 들어왔다.

2021년 이프에서 토론한 책과 영화 목록

《남자다움이 만드는 이상한 거리감》, 벨 훅스, 책담, 2017.

《아무튼, 비건》, 김한민, 위고, 2018.

《연년세세》, 황정은, 창비, 2020.

《우리 가족 인권 선언》, 엘리자베스 브라미, 에스텔 비용스파뇰, 노란돼지, 2018.

《우리가 우리를 우리라고 부를 때》, 추적단 불꽃, 이봄, 2020.

〈당신의 사월〉, 주현숙 감독, 2021.

〈마리 퀴리〉, 마르잔 사트라피 감독, 2020.

〈아이 엠 우먼〉, 문은주 감독, 2021.

〈알바트로스〉, 크리스 조단 감독, 2017.

〈찬실이는 복도 많지〉, 김초희 감독, 2020.

〈컨테이젼〉, 스티븐 소더버그 감독, 2011.

〈코다〉, 션 헤이더 감독, 2021.

〈큰엄마의 미친봉고〉, 백승환 감독, 2021.

〈포겟 미 낫〉, 선희 엥겔스토프 감독, 2021.

〈플라스틱, 바다를 삼키다〉, 크레이그 리슨 감독, 2016.

2022년 이프에서 토론한 책과 영화 목록(상반기)

《화이트 호스》, 강화길, 문학동네, 2020.

《밝은 밤》, 최은영, 문학동네, 2021.

《우리의 불행은 당연하지 않습니다》, 김누리, 해냄, 2020.

〈애비규환〉, 최하나 감독, 2020.

〈미싱타는 여자들〉, 김정영, 이혁래 감독, 2020.

〈너에게 가는 길〉, 변규리 감독, 2021.

큰아들의 며느라기(期)

"연휴에 피로도 풀고 친구 만나 놀기도 해야지. 이렇게 시간이 가버리다니. 엄마는 어떻게 그렇게 살았어?"

2019년에 큰아들이 아빠와 단둘이 할머니 댁에서 설을 쇠고 와서 하는 말이었다. 졸업 후 드디어 취업해 첫 월급을 받은 스물일곱 살 청년에게 설은 호락호락하지 않은 미션이었다. 시골에서 아빠는 할머니댁 보일러 수리, 동네 친척댁 방문, 밭에서 무 수확하기, 쌀 방아찧기 등을 했다. 아들은 부엌일을 했단다. 전 부치고 수저 놓고 밥상에 음식 나르고 설거지하고. 부엌일을 하다 보니, 나물이 손 많이 가는 음식인 것도 알겠더란다.

"엄마, 내가 작은상에서 작은엄마랑 사촌 동생들이랑 먹었는데 기분이 참 묘하더라? 할머니는 나를 막 부르셨는데, 내가 작은상에서 먹는다 그랬어. 큰손자라고 내가 늘 큰상에서 먹었잖아. 아, 엄마랑 동생이 명절에 이런 기분이겠구나. 그런 기분 처음 느꼈어."

내가 '며느라기(期)'로 느낀 감정을 그 집 장손도 느꼈다니, 놀라웠다. 아들은 자기 배우자가 명절마다 낯선 부엌에서 밥만 하고, 심부름하느라 작은상에서 허겁지겁 먹는다면, 상상만으로도 끔찍하단다. 당장 다음 명절엔 가족여행하잔다. 할머니 계시는 동안 자기가 나서서 다른 명절을 만들겠단다. 콜! 역시 내가 안 내려간 건 백번 천번 잘한 일이었다.

남편과 아들이 본가에 간 동안 나는 안산에 남았다. 5년 전만 해도 꿈도 꾼 적 없는 삶이었다. 어찌 보면 나는 암 덕분에 땡잡은 여자였다. 몸이 싫다는 건 안 할 수 있었고 몸이 좋다는 걸 우선 할 수 있었으니 말이다.

"이게 뭐야! 이제부터 다르게 살 거야!"

그런 충동이 나를 이끌고 있었다. 자연치유와 함께 나는 날마다 새 길을 가고 있었다. 내 삶 전반이 달라지지 않을 수 없었다. 명절도 가족 관계도 예외가 아니었다. '쫌 다른 명절 프로젝트' 5회째였다.

2019년 설 연휴 월요일 아침 8시, 나는 딸과 함께 집을 나섰다. 지하철 경복궁역에 내려 서울 성곽길을 걸었다. 자하문으로 들어가 가파른 계단으로 백악마루까지 가서 숙정문을 거쳐 길상사로 내려갔다. 땀에 전 옷을 갈아입고 절밥을 먹었다. 절 카페에서 책도 보고 쉬었다. 입춘의 절은 인산인해였다. 모든 사람이 귀성 전쟁 중은 아니었던 셈이다. 우리는 심우장 쪽으로 넘어가, 와룡공원 성곽길을 오르다 성균관대 쪽 샛길로 내려갔다.

우리 모녀는 한산한 서울 도심을 웃고 떠들며 다녔다. 광장시장에 사람이 그렇게 많을 줄 몰랐다. 시장통을 겨우 빠져나와 지하철을 타니 거기도 사람들이었다. 강남의 거리도 중고서점도 사람들로 붐볐다. 우리가 저녁을 먹은 태국 식당도 계속 손님이 찼다. 12시간 만에 안산으로 돌아왔을 때, 내 만보기 기록은 3만 걸음을 훌쩍 넘기고 있었다.

설 당일에는 글을 쓰기 위해 동네 카페를 찾았다. 길에 안 보이던 사람들이 모두 카페에 있는 듯했다. 글을 쓰며 보니, 문 밖에 대기하는 사람들이 계속 보였다. 세상 모든 여자가 시집 부엌에서 전 부치는 게 아니듯, 우리 자식 세대가 다르게 사는 게 보였다. 인천공항을 빠져나간 사람 수가 역대 최고치라지 않던가. 명절 노동이며 차례상이 여전히 단골 뉴스가 되는 세상은 얼마나 상상력이 빈약한가.

다시 살기, 상상력이 필요해

설 앞두고 뜨거웠던 '시가-처가 호칭' 문제를 생각한다. 여성가족부가 대안적 호칭을 만들겠다지만, 아마도 먼 길이 될 것이다. 호칭 바꾸자는 아내한테 어느 남편은 "넌 우리 집이 우습구나?" 하고 답했다나 어쨌다나. "성차별인가?"라고 물은 여론조사 결과를 보면 한숨이 나온다. 여성들 다수는 성차별이라는데, 남성들 다수는 아니란다. 이럴 땐 누구 말을 들어야 할까?

솔직히 말하자. '아가씨, 도련님' 호칭만 차별적이고, 그런 호칭이 작동하는 사회구조는 문제가 아닌가? 오래전부터 여성들이 왜 '아가씨' 대신 '고모', '도련님' 대신 '삼촌'을 썼겠는가? 호칭은 가부장제와 정상가족 이데올로기를 반영하는 거울 같은 것이다. 호칭은 부르는 사람 느낌 다르고 듣는 사람 느낌 다른 법이다. 남성 중심으로 기울어진 운동장, 부계혈통, 며느라기(期), 아버지의 성씨. 도대체 뭘 봐서 성평등하다는 건지 알 도리가 없다.

부부 관계, 호칭도 평등 관점에서 보면 걸리적거리긴 마찬가지다. 우리 부모 세대는 당연히 아버지는 반말, 어머니는 존댓말을 썼다. 서로 이름 부르는 친구였다가 결혼한 내 친구는 시부모 앞에서 결국 남편을 '○○ 씨'로 존대해야 했다. 성차별이란 이렇다. 가족 내 위치와 정치적 유불리에 따라 다르게 느끼게 돼 있다. 남자에겐 편한 게 여자에겐 성차별인 것이다. 어쩔 것인가?

"우선 여보, 당신, 님, 씨 따위 쓰지 말자! 존댓말도 버려!"

우리 부부가 다시 살기를 하며 가장 먼저 바꾼 게 호칭이었다. 들여다볼수록 위계적인 부부 관계고 가족제도였다. 호칭은 우리 관계를 반영하는 거울이 맞았다. 평등한 동반자로 친구처럼 다르게 살아보자니 기존의 호칭과 존댓말은

버려야 했다. 깍듯이 존댓말 하며 보이지 않는 '질서'에 매여 있던 우리 관계는 서로 이름 부르고 평어 쓰는 친구로 돌아갔다. 돌이킬 수 없는 변곡점을 지났다.

부부 관계든 시가-처가 관계든, 평등한 관계를 주변에서 본 적이 있던가? 인정하자. 나는 본 적이 없다. 내가 아는 가족제도란, 모두 가부장제의 옷을 입은, 정상가족 신화의 그림자뿐이었다. 남자 쪽, '시(媤)' 자 들어간 가족이 묘하게 우위에 있는 구조 아닌가? 눈 가리고 아웅 하지 말자. 그래서 우리 부부는 상상력을 발휘해서 다시 살기로 했다. 페미니즘과 닿을 수밖에 없는 운명이었다.

명절이 끝난 지금, 다시 상상력을 발휘하며 살자.

〈빵과 장미〉, 그리고 로사

"우린 빵을 원하지만 장미도 원합니다. 이겼습니다. 아무도 거저 장미를 주지 않습니다. 언제 장미를 얻는 줄 아십니까? 구걸을 멈추고 단결할 때입니다. 우리 삶을 휘두르는 회사에 맞설 만큼 강한 노조를 결성할 때입니다. 여러분의 권리를 위해 일어나십시오."

영화 〈빵과 장미〉(켄 로치 감독, 2000)에서 노동운동가 샘(에이드리언 브로디 분)이 시위를 주도하며 한 말이다. 여성노동운동사에 전설이 된 단어 '빵과 장미'. LA의 대형빌딩에서 저임금 장시간 노동에 착취당하던 여성노동자들의 이야기다. 아무리 일해도 건강보험도 기본 생활도 해결 안 되는 조건으로 빵만 얻으려 노동할 것인가? 사람은 누구나 삶의 모든 아름다운 것들을 원한다. 구걸을 멈추고 단결해서, 장미를 위해 싸운 사람들이 있었다.

켄 로치 감독을 거장이라 칭하는데 나는 주저하지 않는다. 〈미안해요, 리키〉가 오늘의 남성 택배 노동자의 현실을 보여준다면, 〈빵과 장미〉는 20여 년 전 여성 노동자들에 관한 이야기다. 〈나, 다니엘 블레이크〉(2016)를 보고 나는 그의 팬이 되었다. 여성을 향한 따뜻한 시선에, "앗! 이 감독!"을 외치면서 그를 '영접했다'.

매년 3월이면 나는 〈빵과 장미〉를 다시 본다. 처음엔 내 눈이 노동운동가 샘의 시선을 많이 따라다닌 것 같다(이 영화 포스터엔 샘이 주인공처럼 보이기도 한다). 그다음엔 주인공 마야(필라르 파디야 분)에 감정이입을 하며 보았다. 카메라는 주로 마야를 따라다니니까. 똑똑하고 씩씩한 마야가 노조 활동을 하며 의식이 깨어나는 '성장 드라마'로 보았다.

"몰랐어? 장님이야?"

마지막으로 언니 로사(엘피디아 카를로 분)가 내 눈에 쑥 들어왔다. 그 이름까지 로사(장미)였다. '빵과 장미'의 장미. 여성을 이해하고, 인간의 존엄을 지켜내는 감독의 시선이 가슴 깊이 와닿았다. 그제야 읽혔다. 로사는 여성 노동자의 삶 그 자체였다. 로사가 하는 한마디 한마디에 전율하며 텍스트로 옮겨 보았다.

로사: 정말? 내가 배신자라고? 그렇게 생각해? 내가 식구들 먹여 살렸는데? 엄마랑 너한테 돈 보내줬는데? 그렇게 생각해? 네 배를 채워줬는데 어떻게 번 돈인지 생각해본 적 있어? 내가 고향 떠난 게 몇 살 때야? 어린 애 때였어. 아무도 신경 안 쓰지. 배부르게 해주면 그만이니까. 내가 뭘 했는지 알아? 몸을 팔았어. 창녀였다고.

마야: 몰랐어. (…)

로사: 같이 잤다고. 널 위해 말이야! 난 지쳤어! 남편이 아파서 아버지가 집 나가서 네가 일자리 원해서 나는 몸을 팔아.

마야: 난 몰랐어, 로사.

로사: 몰랐어? 장님이야?

그랬다. 마야가 자유롭고 생기발랄한 말괄량이 소녀라면 로사는 가족을 먹여 살리는 큰딸이었다. 불법 이민자로 들어오던 날 성폭행 당할 위기를 빠져나오는 장면은 마야의 지혜와 용기를 잘 보여준다. 언니 도움을 받아 빌딩 청소를 하며 노조에 참여하는 마야. 가장으로서 밥벌이에 전전긍긍하느라 마야와 동료들을 '배신한' 로사. 자매는 서로를 다시 알아가게 된다.

나도 몰랐다

〈빵과 장미〉에는 반복되는 대사가 있다. "몰랐어." "몰랐어?" 이데올로기적 이분법을 부끄럽게 하고 인간을 넓게 품어내는 대사들이다. 마야의 입장, 로사의 마음, 세상 노동자의 조금씩 다른 입장을 보여준다. 감독의 시선은 따뜻하고 섬세하다. "몰랐어?" 영화가 관객을 향해 던지는 질문이지 싶다.

예수를 생각나게 하는 켄 로치라면 과장일까. 당대의 종교권력과 부딪치며 예수가 했던 비유 하나가 떠오른다. 아버지가 두 아들에게 포도원에 나가 일하라고 한다. "예"라고 한 뒤 행동하지 않는 큰아들과 "싫어요"라고 한 뒤 일하는 둘째 아들. 과연 누가 아버지의 뜻대로 한 것인가? 예수의 질문에 둘째 아들이라고 사람들이 답한다. 이에 예수가 일갈한다. “세리와 창녀들이 너희보다 먼저 하나님의 나라에 들어가리라.”

‘하나님 나라’와 ‘창녀’는 예수 정신을 이해하는 중요한 열쇳말이다. 로사가 하는 말에 귀 기울이면 예수가 이야기하는 하나님 나라가 보인다. 마야는 로사를 몰랐다. 로사가 왜 그런 선택과 행동을 하는지. 사회가 로사를 어떻게 그런 노동으로 내몰았는지. 가족도 사회도 회사도 로사를 몰랐다. 알려고 하지 않았다. 몰랐다, 그뿐이었다.

용감하고 똑똑하게 노조에 가입한 마야에 비해 로사는 ‘답답하고 무지해’ 보인다. 로사는 마야 눈에 ‘배신자’처럼 보인다. 조금 더 나가면 ‘계몽의 대상’이요, ‘진보의 걸림돌’이라 할지도 모른다. 마야는 로사에게 화가 나 있다. 같은 여성 노동자지만 조금씩 또 다른 입장이다. 이분법은 얼마나 허망한가. 지식은 늘 부분적이고 시야엔 사각지대가 있게 마련이다.

나도 몰랐다. 몰랐어? 눈이 없어? 연대 말고 어떤 대안이 있단 말인가. 3.8 세계 여성의 날에 나는 무엇을 알고 무엇을 볼까? 용감하게 단결해서 싸운 마야들을 보아야 하리. 가려지고 잊힌 로사들을 기억해야 하리. 여성의 삶엔 마야들이 있었고 로사들이 있었다. 마야와 로사는 지금 여기 우리다. 나는 로사를 아는가? 모른다면? 모르면 다냐? 눈으로 뭘 보느냐고 로사가 묻고 있다.

비굴
레시피

비굴 레시피

안현미

재료

비굴 24개 / 대파 1대 / 마늘 4알

눈물 1큰술 / 미증유의 시간 24h

만드는 법

1. 비굴을 흐르는 물에 얼른 흔들어 씻어낸다.
2. 찌그러진 냄비에 대파, 마늘, 눈물, 미증유의 시간을 붓고 팔팔 끓인다.
3. 비굴이 끓어서 국물에 비굴 맛이 우러나고 비굴이 탱글탱글 하게 익으면 먹는다.

그러니까 오늘은

비굴을 잔굴, 석화, 홍굴, 보살굴, 석사처럼

영양이 듬뿍 들어있는 굴의 한 종류로 읽고 싶다

생각건대 한순간도 비굴하지 않았던 적이 없었으므로

비굴은 나를 시 쓰게 하고

사랑하게 하고 체하게 하고

이별하게 하고 반성하게 하고

당신을 향한 뼈 없는 마음을 간직하게 하고

그 마음이 뼈 없는 몸이 되어 비굴이 된 것이니

그러니까 내일 당도할 오늘도

나는 비굴하고 비굴하다

팔팔 끓인 뼈 없는 마음과 몸인

비굴을 당신이 맛있게 먹어준다면

숙: 어때 시? 느낌 와?

덕: 아니, 바로 오진 않아.

숙: 그럼 한 번 더 읽어 줄게. 어때?

덕: 비슷해. 감정이입이 되진 않아.

숙: 장난하는 거 아니지? 아~~~ 이렇게 다르게 느끼는구나.

덕: 니가 설명해줘 봐. 그러면 아, 그렇구나, 할 거 같아.

숙: 아니~~~ 이런 시를 무슨 설명을 하고 자시고 할 게 있어. 진짜 곰곰, 시인의 입장으로 들어가 보려 해봐.

덕: 아니. 사람 살다 보면 다 비굴해지는 지점 있잖아. 그런 말인가 보다, 그 정도 느낌? 줘봐. 내가 직접 한번 읽어 볼게.

숙: 자, 어때? 직접 읽으니 좀 보이는 게 달라?

덕: 요리 레시피처럼 썼네, 진짜로. 미증유의 24h는 무슨 뜻이야? 전에 없던 시간?

숙: 아~~ 기막힌 표현일세. 일정한 시간으로 말하기 어렵겠지. 비굴해져야 할 때마다 그 시간이란 얼마나 아득~~~ 하겠어. 난 팍 와닿아. 비굴해진다, 말장난으로 웃자고 하는 말 아냐. 이전에 없던 시간으로 끝이 안 보이니까. 자자 됐고! 그럼 가장 와닿는 대목을 말해봐.

덕: '팔팔 끓인 뼈 없는 마음과 몸인 비굴을 당신이 맛있게 먹어준다면.' 뼈 없는 마음과 몸, 뭔지 알 거 같아. 그런데 당신이 비굴을 먹어준다면?

숙: 알 것 같아. 지금 시인이 비굴을 요리하잖아. 굴 요리로 은유하지만 비굴은 자기 자신이지. 비굴 요리를 당신한테 차려준다. 그럼 당신이 비굴을 먹겠지? 당신이 먹는

다는 건, 내가 당신에게 먹히는 것. 비굴하지 않고 싶은 또 다른 나는 당신을 꿀꺽 삼켜야 해. 그게 비굴이야. 먹을 수 없는 걸 삼켜야 뼈 없는 맘, 제대로 비굴이 돼.

덕: 좀 쉽게 쓰지.

숙: ㅋㅋㅋㅋㅋ 그럼, 넘어가. '당신'은 뭘까? 읽고 나니 혹시 떠오르는 당신이 있어?

덕: 아니, 없어. 비굴했던 적 있었을 텐데 누구라고 할 사람은 안 떠오르네.

숙: 진짜? 난 이 시 읽으니 바로 딱 떠오르던데? 누굴까?

덕: 당연히 남편이겠지.

숙: 딩동댕동! 좋아. 왜 내게 남편이 떠오를 거라고 생각했어? 넌 내가 안 떠오르는데?

덕: 알지. 넌 나하고 사느라 비굴해야 했으니까. 많이 들어서 알고, 내가 인정하니까.

숙: 좋아. 나는 너랑 살며 비굴해져야 했는데 너는 나랑 살기 위해 왜 비굴해지지 않았지? 이게 질문이라고. 이상하잖아? 너도 나랑 사느라 비굴해져야 한다고 느끼지 않았어?

덕: 흔히 하는 "너만 힘들어? 나도 힘들다고!", "너만 비굴

해? 나도 비굴했다!" 이런 말?

숙: 그렇지. 그게 자연스러운 반응 아냐?

덕: 전혀 없는 건 아니겠지. 내가 비굴해지는구나, 그런 생각 한 적도 있으니까. 그런데 그땐 내가 모르던 때였어. 이젠 그런 생각이 도통 안 들어.

숙: 어떻게? 좋게 말해야 할 거 같은 압박감 느끼는 거 아냐?

덕: 아냐. 너와 나 사이가 권력관계였구나, 그걸 인정하지 않을 땐 몰랐지. 난 남자로서 권력 우위에 세팅된 게 익숙해서 불편을 못 느꼈잖아. 권력 아래 있는 사람은 불편해서 문제 제기하는데. 난, 뭐가 문제냐, 했고. 그 구조가 보이고 인정하니까, 네가 비굴해질 수밖에 없었구나, 알게 됐어.

숙: 오~ 좋아. 그럼 이 대목 어떻게 들려? 느낌 말해줘 봐.

> 생각건대 한순간도 비굴하지 않았던 적이 없었으므로
> 비굴은 나를 시 쓰게 하고
> 사랑하게 하고 체하게 하고
> 이별하게 하고 반성하게 하고
> 당신을 향한 뼈 없는 마음을 간직하게 하고

덕: 그랬겠구나 싶어. 한순간도 비굴하지 않았던 적이 없었다는 말 이해할 거 같아.

숙: 진짜? '한순간도'라니, 과장이 너무 심한 거 아냐?

덕: 한번 비굴하면 계속해야 하니까. 삶은 계속 맞물려 돌아가니까.

숙: 그럼 다음 대목은 어때? 비굴이 나를 시 쓰게 하고 사랑하게 하고. 반성하게 하고. 당신을 향한 뼈 없는 마음을 간직하게 했대. 아~~ 처절한 투쟁이지? 미친다!

덕: 여성시 느낌이 와. 이건 못 느끼면 못 써. 글 쓰지 않을 수 없는 네 맘이겠구나 싶어.

숙: 여성이 사랑한다는 게 이런 식이란 거야. 자기 성찰의 결과도 결국 비굴. 저건 아닌데, 확 갈라서든지 버려야 하는데, 결론은 또 비굴. 다시 사랑하려 한단 말이지. 속에 독을 품고 어떻게 사랑해? 그러니 당신을 향한 뼈 없는 마음을 갖기까지 비굴! 절절하지? 비굴하다.

덕: 그럴 거 같아. 사랑하니까 결국 자기 자신을 낮추고 죽이고 갈아 넣는 선택.

숙: 에구~~ 그럼 우리 솔직히 이 질문 안 할 수 없어. 덕이는 살면서 숙이를 사랑하기 위해 이런 순간 있었어? 비굴로

자신을 갈아 넣어야 이 사람을 지키겠구나. 뼈 없는 맘을 간직하고 사랑하자. 비굴해지자.

덕: 솔직히 말하면 그런 게 없었다고 봐야지. 응. 없는 거 같아.

숙: 좋아. 솔직해서 좋아. 여러 번 나눴던 이야기지만 그럼, 결론이 나오지. 덕이는 숙이를 사랑하지 않았다? 확장하면, 남자는 사랑하지 않는다? 사랑할 줄 모른다? 어때?

덕: 그렇다고 봐야지. 남자는, 아니, 나는, 가부장적 사회에서 사랑을 모르고 살도록 길러진다고 봐야 해. 남녀가 기울어진 권력관계니까 남자가 자신을 갈아 넣지 않아도 잘 돌아가. 남자는 사랑한다고 생각하지만 개념이 달라. 예수는 섬기라, 낮아지라, 종이 돼라, 했는데 남자들이 과연 들었을까? 대의를 위해서는 모르겠어. 나도 부부관계엔 적용 안 했거든. 교회에서는 남녀가 창조 때부터 질서가 있는 것처럼 배웠잖아. 남자 우위. 돌아보면 철저히 가부장적인 교회 문화였잖아. 예수 복음 정신과 완전 반대였지.

숙: 그렇지. 그토록 사랑타령을 하는 기독교 가정에서, 남편은 알고 보면 사랑을 안 해. 할 줄도 몰라. 무지하니 예수를 몰라. 갈등 상황이면 알아서 기는 누군가의 비굴에 기대. 입만 살아서 사랑을 논해. 그런 남자가 성경 해석하

고 설교를? 해봤자 착한 가부장.

덕: 맞아. 예수 당시나 지금이나 남녀는 기울어진 권력관계야. 그거 안 건드리면 예수도 놓치고 사랑도 불가능해. 교회가 가부장제를 정당화하잖아. 그리스도가 교회에 하듯 사랑하라? 예수는 죽을 만큼 교회를 사랑했는데? 남편은 권력 우위에서 여자를 남편 안에 쏙 들어오라고 통제하지. 아내는 교회가 주께 하듯, 그렇게 사랑하려니 죽을힘을 다해 자신을 낮추지. 안 그래도 기울어진 관계가 더 기울어지니, 비굴이지.

숙: 오~~ 솔직한 고백 좋아. 정확한 자기 고백. 그걸 깨닫고 언어화한 데 일단 점수 준다. 덕이는 그럼, 사랑하지 않는데 우리 관계를 왜 그렇게 안 깨고 싶어? 원초적 본능? 이 관계 깨지면 자기 인생은 끝장이란 걸 알았어?

덕: 맞아. 그거야. 숙이 날 사랑한다는 거 하나는 분명히 알았으니까. 놓치면 난 죽음이지!

숙: 우라질! 바로 이거야. 난 수없이 회의에 빠졌거든. 이 남자가 날 정말 사랑한다면 이럴 수 있나? 뒤엎어야 하겠는데, 갈 길이 너무 아득해. 말귀는 못 알아먹지. 다시 비굴을 택했어. 너를 지켜주고 믿어주고 네가 잘되라고. 애

들에게 상처 주기 싫었으니까.

덕: 맞지. 그랬어. 고맙고 고마워. 미안해. 사랑해.

숙: 좋아. 그럼 지금은 어때? 옛날엔 그랬다 쳐. 사랑할 줄 몰랐고 사랑하지 않아도 유지되는 권력에 기대서 살았다, 좋다 이거야. 그럼 요 몇 년간은? 뭐가 달라?

덕: 많이 다르지. 눈을 뜨고 보게 됐지.

숙: 어떻게? 혹시 비굴 요리하고 있진 않아? 하기야 이 시가 이해 안 된다는 사람인데 비굴하게 살 리가 없지. 이전 사랑과 지금 사랑이 어떻게 달라?

덕: 분명한 건, 네가 더는 비굴하게 살지 않잖아. 말로도 행동으로도 분명히, 그게 달라졌어. 네 앞에서 나도 한 인간으로 정신을 차려야 해. 전엔 너의 호의에 내가 기대 살았어. 네가 비굴하지 않고 인간으로 당당하기 때문에 나는 이제 인간 대 인간으로 너를 바라봐. 너의 마음이 어떤지 네 기분이 어떤지, 전보다 굉장히 알고자 해. 너를 몰랐구나, 내가 무지했구나, 마음이 아팠어. 이젠 너를 알고 싶지. 너를 더 신뢰하게 돼.

숙: 오~ 말 되는걸? 실제 삶에서 그런 경우가 있는지 예를 들

어봐. 이전과는 다르게 나를 바라보고, 너 자신을 낮췄다, 그런 사랑을 경험하냐고.

덕: 너를 이전보다 더 신뢰해. 한 인간으로서. 전에도 너를 의지했는데, 그땐 내가 원하는 대로 움직여 주는 아내를 기대했어. 네가 너로서 생각하고 행동하니, 이젠 그럴 보장이 없잖아? 전엔 너를 압력 내지 통제하면 됐지만, 이제 나는 너를 더 알고자 해. 너를 내 안에 안 가두니 너도 크고 나도 커가는 걸 느껴. 자유와 해방이고 사랑이 이런 거 아닐까?

숙: 좋아. 듣기 좋은 말인데, 구체적인 예를 들어보라니까?

덕: 음… 서울 가면서 교회에서 토론 모임 만든 거. 교회에서 페미니즘 토론을, 교회 안팎의 친구들과 함께하자 네가 제안했을 때. 나 혼자는 생각도 못 한 그림이었어. 이전 같으면 해보나마나 내가 막았겠지. 그런데 너를 신뢰하고 난 너를 따랐어. 내겐 모험이었지…

백합과 장미

교회 토론 모임 '백합과 장미'는 올해로 4년이 됐다. 숙이 토론 진행자고 덕은 참여자 중 한 사람으로 함께한다. 그동안 토론한 책은 《안녕? 내 이름은 페미니즘이야》, 《페미니즘과 기독교의 맥락들》, 《비혼주의자 마리아》, 《나는 누구입니까》 등이었고, 영화는 〈와인스타인〉, 〈와즈다〉, 〈밀양〉, 〈세자매〉 등이었다. 교회 안팎의 사람들이 함께 책이나 영화로 매달 한 번 토론한다. 남녀노소, 때론 전국구로, 다양한 구성원이 나이와 성별 상관없이 서로 이름 부르며 평어를 쓴다. 수평적인 공부공동체요, 해방공동체 실험장이다. 코로나 상황 속에도 단톡방과 줌에서 토론을 계속하고 있다. 2022년 1월 토론은 영화 〈애비규환〉으로 시작했다. 참여자들이 자원하여 발제와 토론 진행을 하는 건 이 모임의 장점이다.

2050모녀 토론,
〈에놀라 홈즈〉

딸: 2020년 9월 23일 넷플릭스 개봉. 따끈따끈하네. 이 작가의 상상력이 매력 있어. 만약 셜록 홈스에게 여동생이 있었다면? 여동생뿐 아니라 엄마까지 멋있게 살려낸 게 너무 좋아.

나: 맞아. 셜록의 이쁜 동생 따위 말고 시대를 앞서가는 여성으로. 원작자가 누구지?

딸: 낸시 스프링어(Nancy Springer).

나: 어느 나라, 언제적 작가지?

딸: 미국. 나이 많아. 현역 70대. 《사라진 후작》이 2006년 나왔을 때 58세였네.

나: 오~ 내 나이였을 때라고? 멋진 중년. 뭉클하구먼!

딸: 그래선가, 종합적인 관점에서 인물들을 입체적으로 잘

그려낼 수 있었던 거 같아. 단지 발칙한 여자애 이야기가 아니야. 엄청나지? 엄마의 삶과 그 시대 배경까지 멋있게 녹여냈어. 성장소설에 추리에 페미니즘까지 담아냈어.

나: 맞아. 수작이다! 'Enola' 이름을 거꾸로 하면 'Alone'이라고 했잖아. 무슨 뜻인지 좀 더 보태봐.

딸: 그 이름에 대한 내용이 소설에 나오거든. "너 스스로 해결해야 한다"는 뜻으로 엄마가 지어준 이름이야. 당시 여자는 독립된 인간이기보단 남자에게 의존해야 했잖아. 투표권 없던 게 잘 보여주지.

나: 넌 셜록 홈스 책으로 많이 읽었지?

딸: 내가 한때 셜록 홈스에 빠져서 다 찾아 읽었지. 베네딕트 컴버배치 나오는 드라마도 봤고. 홈스가 워낙 오래되고 재미있는 이야기니까 스핀오프가 많거든. 여러 작가가 홈스 이야기를 계속 썼지.

나: 스핀오프?

딸: 원래 책이 있잖아. 그 책에서 영화가 나오고 책에서 또 책이 나오고 드라마가 나오는 걸 스핀오프(spin-off)라 그래. 파생작, 번외작이란 뜻이야. 아서 코난 도일이 쓴 원작 《셜록 홈스》는 단편이 많고 장편은 네 편밖에 안 돼.

다른 작가들이 셜록 홈스를 가지고 쓴 스핀오프 작품이 엄청 많아. 셜록 홈스 캐릭터를 가져오되 사건만 만들면 되니까. 이 작품은 셜록 홈스에게 여동생이 있다고 상상해서 여동생 중심으로 이끌어가는 새 이야기지.

나: 진짜 신선해! 주인공인 밀리 바비 브라운의 연기도 좋고 매력적이네.

딸: 와~~ 엄청 어려! 2004년생이래. 극 중 나이와 똑같은 16세로 캐스팅된 거네. 자기가 어리니까 영화에선 22세라고 속이고 다니는 장면 있잖아.

나: 딸은 영화에서 가장 마음에 남은 게 뭐야?

딸: 그 엄마가 딸에게 그 시대에 안 가르칠 거 같은 걸 가르쳤잖아. 격투기, 테니스, 활쏘기, 화학실험에 독서까지. 여자애들을 신부수업 시키던 때에, 그 엄마가 대단했어.

나: 그 엄마는 어떻게 그럴 수 있었을까?

딸: 깨어 있는 사람이지. 서프러제트•였잖아. 아빠 일찍 돌아가신 걸로 설정됐으니 딸이 누구 도움 없이도 독립된

• 19세기 후반에서 20세기 초반 영미권에서 여성 참정권을 주장한 사람들을 일컫는 말이다. (다음백과 참조)

인간으로 살도록 키우려 했지. 주짓수 가르쳐준 흑인이 에놀라의 첫 가정교사였다, 그랬잖아. 가정교사를 두긴 했지만 엄마가 창의적으로 주체적으로 딸을 가르쳤지.

나: 에놀라 엄마랑 달랐을 그 시대 여성들의 교육 이야기 좀 해줘.

딸: 헤리슨 교장이 보여줘. 학교 들어가서 신부수업 받는 게 그 당시 주류 여자 교육이었잖아. 처음에 오빠들 왔을 때, 너한테 엄마가 교사들 붙여주긴 했지?, 이러잖아. 위험천만한 엄마한테서 네가 어떻게 컸는지 모르겠다는 식으로 에놀라를 의심스럽게 봤잖아.

나: 자식들! 지들도 그만큼 큰 건 사실 훌륭한 엄마 덕을 본 걸 텐데. 엄마를 무시해?

딸: 큰오빠 직업을 특정할 순 없는데 똑똑하고 권력과 연줄이 있는 명망가로 원작에 나와. 아빠 없는 집 장남이니까 가부장 역할을 하는 캐릭터지.

나: 큰아들 입장에서는 엄마가 에놀라를 교육하는 방식이 마음에 안 든 거란 소리지?

딸: 마음에 안 든 거지. 테니스채 집어 들고 이게 뭐냐고. 엄마가 키워놓은 방식 마음에 안 들어서 학교에 집어넣으

려 했잖아. 그럼, 엄마는 뭐가 젤 인상적이었어?

나: 에놀라를 독립된 인간으로 키운 엄마랑 그 모녀 관계. 에놀라가 자전거 타고 어디든 신나게 달리는 장면이 다 보여주더라. 엄마들은 딸을 자기처럼 안 살게 키우고 싶다고 하지. 자기는 막상 시대에 갇혀, 이중플레이가 돼버려. 영화는 엄마도 딸도 강하고 주체적이고 독립적인 사람들로 그렸어. 딸에게 가르친 거나 자기 사는 모습이나 같은 엄마. 딸을 두고 집을 나간 게 놀랍더라? 이해되는 지점이 있었어. 딸을 이런 세상에 살게 할 수 없어서, 세상을 바꿔보려고. 자신감 있었어. 자기가 나가도 딸이 충분히 강하게 살 거라는 믿음. 결정적인 순간마다 에놀라가 엄마한테 배운 거 떠올리고 목소리 기억하면서 일어서는 것도 감동이더라.

엄마가 딸을 사랑해도 딸은 나중에, 엄마 방식으로 살 세상이 아니구나, 하고 깨닫는 경우가 많잖아. 엄마가 가부장제에 순종하도록 키웠다면 딸은 결국 엄마를 부정해야 자기로 살 수 있지. 에놀라 엄마는 그 지점을 내다보고 넘어선 게 보였어. 에놀라를 그 시대 여성 교육 기준으로 안 키우지. 자유롭고 해방된 여자로, 강하게 준비시

켰더라. 캬~ 모녀 동지로 세월 갈수록 더 이해하고 연대하게 될 거야.

딸: 맞아. 어렸을 때 엄마랑 실험할 때, 처음에는 에놀라도 오빠처럼 엄마가 위험천만하구나, 생각했는데 나중엔 엄마가 왜 그러는지 알게 되잖아. 에놀라가 씩씩하게 엄마 찾아가는 과정으로 그려놔서 그렇지, 엄마가 집 나간 게 유쾌한 경험만은 아니잖아. 에놀라라는 캐릭터를 워낙 씩씩하게 잘 만들어놨고, 중간중간 떡밥을 던지잖아. 이 아줌마가 왜 집을 나갔는지 궁금해하고 이해하게 만들었더라. 결국 둘 다 런던으로 왔잖아. 처음에 에놀라는 투표권에 대해 잘 몰랐지. 엄마 주소 가지고 서프러제트 아지트 같은 데 들어갔잖아. 엄마가 뭘 위해 싸우는지 제대로 알게 되는 과정을 설득력 있게 보여줘서 좋더라.

나: 엄마 없는 상황을 에놀라가 불행하게 머물지 않고 엄마를 알고자 하는 게 인상적이더라. 비뚤어진다거나 우울과 슬픔의 소재잖아. 에놀라는 엄마가 그럴 만한 이유가 있었다고 보고 스토리를 찾아가데? 역시 독립적으로 사고하는 인간이었어.

딸: 그렇지. 잘 컸어. 자아가 있고. 집 밖으로 뛰쳐나온 게 엄마를 찾고자 한 거잖아. 단지 남자와의 사랑이라거나 남자 의존하는 여자가 아니더라. 나는 왜 얘가 신경 쓰일까. 튜크스베리랑 얽힐 때 왜 마음이 자꾸 가지? 사랑인가? 이런 식으로 훅 가버리지 않잖아. 걔가 어려움에 처해 힘이 없고 나는 힘이 있어. 그래서 도와야지, 이런 식인 거야. 내가 변호사 하고 싶다고 생각할 때도 그런 비슷한 생각을 하거든.

나: 당시 영국 선거법에 따르면 귀족 남자들에게만 투표권 있던 거지?

딸: 1918년 4차 선거법 개정에서 30세 이상 일정 재산 있는 여성에게만 선거권이 주어지는 것으로 개정됐어. 이때 선거법 개정이 통과됐다는 게 영화 속 이야기 같아. 튜크스베리 후작이 죽지 않고 살아서 중요한 한 표를 행사했는데 한 표 차로 선거법 개정이 통과됐다는 이야기야. 당시 21-29세 여성들은 왈가닥 유권자(flapper vote)로 제외됐다가 1928년 5차 선거법 개정 때 포함됐어.

나: 그 복잡하고 지난한 서프러제트의 투쟁 이야기를 에놀라 엄마 이야기로 가져온 게 참 신선하고 재미있었어. 살

아 있는 사람 이야기로 서프러제트를 다룬 작품이 드물잖아.

딸: 서프러제트는 투쟁하는 이야기 중심이었지만 여기서는 투쟁하는 엄마 세대와 그 딸 세대의 삶이 이어져서 좋았지. 남자애도 마냥 바보로 그려내지 않아서 좋았어. 주인공을 부각하기 위해 '발암 캐릭터'로 만들어버리기 쉽잖아. "네가 불 피우면 내가 요리할게." 그 대사가 남녀 성역할의 고정관념을 깨줬어. 경찰에 잡혔을 때 에놀라가 희생하면서 튜크스베리를 탈출시키잖아. 나중에는 튜크스베리가 에놀라를 구하러 가고. 각자 살아 있고 입체적이어서 죽은 캐릭터가 없더라. 할머니한테 총 맞았을 때도 내가 바보는 아니지, 하며 방탄조끼 내보이는 거 멋있더라. 어떻게 하면 다시 만날 수 있을까 묻는 튜크스베리를 보고 에놀라가 "너 아직 나를 못 떼어낸 거야?"라고 한 이 대사도 좋았어. 성역할 고정관념을 깨줬어.

나: 이 영화가 우리 현실에 닿아 있는 지점으로 뭐가 보였어?

딸: 이 나라는 여자애들을 너무 조신하게 키우는구나, 그런 생각을 하게 되더라.

나: 100년 전 배경인데 오늘 우리 현실보다 더 깨어 있고 자유로운 여자 캐릭터를 보여준 거네? 제도적으론 여자도 원하는 대로 공부하고 자유롭게 사는 시대 맞는데.

딸: 그렇지. 그런데 내가 볼 때, 이게 너무 은근하고 밑바탕에 깔려 있어서 다 눈치를 못 채. 여성 교육의 모든 바탕에는 너는 커서 누군가의 아내가 되고 엄마가 된다는 전제가 있어. 딸에게 브레이크 거는 역할을 하는 게 가정이고 사회야. 저 시대는 남자 없으면 사회생활 못 하던 때잖아. 여자애가 스스로 자기 몸을 보호하고 스스로 먹고 살도록 실력 키워주는 게 얼마나 멋져.

그런데 오늘 우리나라에서 여자에게 교육 기회가 같이 주어지는 건 분명한데, 너무 은근하게, 우리도 모르는 사이에 여자들 교육에 상한선을 두고 있지. 너는 결국 누군가의 아내나 엄마가 된다는 걸 전제로. 여자 스스로 자기도 모르게 브레이크를 걸지. 이거 결혼하면 할 수 있나? 결국 공무원 교사 하는 이유가 뭐야. 엄마가 에놀라랑 같이 폭탄도 만들고, 자동차 원리 익히고 스스로 몰잖아. 멋있어. 에놀라가 일을 추진해가는 걸 보면 단순히 왈가닥이라서가 아니라 독립된 인격체로서 자기 삶을 개척해가는 모습이잖아.

"걔는 힘이 없지만 나는 힘이 있다. 내가 도울 수 있다."
이 말이 좋아. 우리나라는 많은 사람이 따라가는 삶의 단계가 있다는 통념이 강하잖아. 그 안에서만 보면 결혼이란 게 여자의 삶의 중심이 되고 너무 닫힌 결말로 가는 기분이야. 선택지가 너무 좁아. 에놀라는 신부수업 안 받고 학교에서 튀어나와 자기 길을 갔어. 요즘 여자에게 교육의 기회가 훨씬 많이 개방됐는데도 결혼이란 전제에 매이게 하는 게 답답해.

나: 그럼 에놀라 모녀에게서 힌트를 얻어서 우리 모녀 사이에 적용해볼 것으로 뭐가 보여?

딸: 우리 격투기를 합시다!

나: 맞아맞아. 그 엄마는 어떻게 그 시대에 격투기를 딸에게 가르칠 생각을 했지?

딸: 땀 흘리고 침 튀고 숨 헉헉거리는 운동이지. 코로나 이후엔 호신술을 해야겠어.

나: 너 태권도 잘했잖아. 다시 할 생각 없어?

딸: 있지. 시험 끝나면 뭐라도 할까 봐. 에놀라는 위기에 누가 도와주길 기다리지 않고 자기가 머리 쓰고 몸 써서 헤쳐나가더라. 몸싸움 끈질기게 잘하더라.

나: 그치. 그런 건 길러야지 하고 싶다고 되는 게 아니잖아.

딸: 맞아. 보통 동화 속 여자 캐릭터가 'Help!'라고 하면 남자가 나타나고 그러잖아. 도와달란 대사가 이 영화에는 한 마디도 안 나왔어. 오히려 자기가 남자애 구조해주고 스스로 싸우고 처리해버려. 평소 몸에 밴 거야. 여자 옷 던지고 옷 바꿔 입고 위기를 돌파해버리는 게 멋있었어.

나: 네가 에놀라 같은 캐릭터로 살자면 엄마는 어떻게 살면 좋겠어?

딸: 큰오빠가 했던 대사 그거 "You are my ward!"에서 'ward'란 단어 있잖아. 영국에서 법률 후견인의 보호를 받는 사람을 칭하는 말이야. 번역은 "나는 네 보호자야!"로 나오더만. 큰오빠에게 여동생은 보호받을 대상이지 독립된 인간이 아닌 거야. 엄마와 딸도 독립된 인간이면서 연대하는 게 최고 관계다 싶어. 에놀라는 모녀 동지가 되겠더라. 엄마가 조금이라도 정정할 때, 엄마가 하는 일 다르고 내 하는 일 다르겠지만, 지향점이 같은 사회인으로 활동하고 싶다는 생각이 들더라. 에놀라 엄마도 계속 투표권 투쟁할 거 아냐. 에놀라도 엄마 이해했고 런던에 나와서 살게 되니 연대할 거잖아. 이제 사회 보는 눈도 더 뜨

겠지. 우리도 마찬가지야. 엄마는 지금도 하고 있지만 좀 더 자기 색깔을 드러내고 자기 이름으로 살도록 해. 나랑 모녀로만 말고 자유롭고 강한 여성 동지로 사회에서도 보자고, 알았지?

나: 맞아. 최고다. 아~ 어떤 점에서는 딸의 인생에 브레이크만 안 돼도 복 받은 엄마야. 같은 방향의 싸움을 하는 동지라면, 가치를 공유하고 연대한다면, 서로에게 엄청난 날갠데.

딸: 그렇지. 결국 엄마와 딸이 같이 성장해야 해. 신문에서 아, 엄마다! 찾았다고 생각했는데 에놀라가 다시 추론하잖아. 엄마였으면 국회라고 했을 거고 왕립예술학교에서 만나자니, 거기는 여자를 배척하는 곳인데 엄마가 그랬을 리 없다, 그래서 이건 셜록이 한 거라고 깨닫잖아. 재미있었어. 큰오빠는 집에 와서 책을 집어 들고 그러잖아. "뭐야, 이거 페미니즘이네?" 엄마를 마치 정신병자 취급하면서 빈정거리잖아.

나: 맞아. 작가가 아들들과 딸의 다른 관점을 잘 짚더라. 엄마가 페미니스트면 아들이 기뻐하고 존경해야지, 안 그

래? 정신병자 취급하는 게 말이 돼? 엄마가 명자 씨면 좋아? 하긴, 초기 자유주의 페미니스트들이 그런 취급을 받았지. 남자나 따를 것이지, 투표권 갖겠다고 싸우는 여자들이 얼마나 눈꼴시었으면 정신병자 취급이겠어. 에구, 오늘날도 그런데 뭘….

호보당당(虎步堂堂) 엄마에게

사랑하는 엄마~~

부를수록 좋은 이름 엄마! 엄마를 엄마라 부르며 반말로 편지 쓰니 참 좋다. 작년 가을 50년 만에 우리가 반말 튼 건 생각할수록 잘한 일이었어. "이젠 어머니 말고 엄마라 부르고 반말로 할 거야. 괜찮지?" 진작 그러자 할 걸 그랬어, 엄마. 그치?

더 늙기 전에 엄마랑 반말 트고 친구처럼 살고 싶다는 내 고백을 듣고 엄마는 기다렸다는 듯이 좋아했잖아. 솔직히 놀라웠어. 심지어 다른 할머니들이 통화할 때 "엄마" 소리 들리면 엄마 귀가 번쩍했다며? 자식들하고 친구처럼 반말하는 게 부러웠다고? 엄마가 하도 엄해서 애들이 엄마를 어려워하고 존댓말 한다 생각했다고? 세상에! 50년 전 기억이라 흐릿해졌나 보더라? 내가 말해주니 그제야 생각났지,

엄마?

존댓말의 역사를 내가 정리해줄게. 내가 국민학교 3학년 때였어. 건너편 동네 친구 집에 놀러 갔더니 걔는 자기 엄마한테 "어머니"로 부르며 존댓말 하는 거야. 내 눈에 참 멋져 보였어. 그때까지 우리 형제들은 아버지한텐 존댓말로, 엄마한텐 반말로 했거든. 우리 엄마한테도 존댓말 써야겠다, 내가 그날 결심했잖아. 엄마한테 잘하려는 딸이었으니까.

내가 성평등을 알겠어, 페미니즘을 들어봤겠어. 느낌으로 알았던 거야. 엄마 아빠를 동등하게 대우하고 싶은 거였어. 내가 앞장서니까 5남매가 그날부터 어머니라고 존댓말을 했지. 아버지를 아빠로 바꿀 자신은 없었나 봐. 우리가 모두 엄마한테 고분고분한 애들로 큰 건 호칭 영향도 있었을 거야. 아무튼, 엄마가 애들을 모질게 해서가 아니란 말씀. 엄마 둘째 딸이 엉뚱하고 너무 착해서 어느 날 갑자기 바뀐 일이었다는 거, 알겠지?

사랑하는 엄마~

재미난 얘기 또 들어볼래? 내가 암수술 후 갱년기를 겪을 때 엄마가 그랬지? 예수 믿는 사람한테 갱년기가 별거냐고,

다 감사하고 살면 된다고 말이야. 나는 그게 아니라고, 내 생각이 날마다 달라진다고 대들었지. 엄마는 적응하기 힘들어 했지? 오죽하면 날 볼 때마다, 애가 자꾸 '못되게' 변해 간다고 했겠어. 엄마는 갱년기 따위 느낄 여유 없이 살았을 거야. 나는 반대로 갱년기 아니었으면 더 아팠을 거야. 그러니 엄마, "좀 못되게 변해도 좋다. 튼튼하게 살아만 다오." 그렇게 봐주는 거지?

반말 존댓말 그게 뭐라고 나는 그리도 바꾸고 싶었을까? 공적인 관계야 어쩔 수 없다지만 가까운 사람들끼린 상호 반말이 좋잖아? 어릴 땐 왜 엄마한테만 반말하나 그게 싫었는데, 이젠 왜 엄마하고 반말로 못 하나, 그게 또 싫은 거야. 참 잘도 뒤집어엎는다, 그쟈? 우리 애들하고도, 사위든 며느리든 모두 엄마 아빠라 부르고 서로 반말하자, 미리 약속했어. 생각해봐. 자기 자식들은 반말하고 며느리 사위한테는 어머님 아버님 존댓말 쓰게 한다? 영 이상하잖아. 내가 어쩌다 보니 반말 전도사가 됐네? 낄낄낄.

엄만 속으로 걱정하겠지? "야가 야가, 간이 배 밖에 나오더니 아무나 보고 반말을 한다꼬?" 왜 아니겠어. 사람들 반응이 좀 무섭지? 재미난 경험 많이 했어. 대체로 젊은 쪽으로 갈수록 상호 평어 쓰기를 반기는 거 알아? 여자들보단 남자들이 그걸 적응하기 힘들어하는 것도 신기했어. 처음에 형성된 관계와 호칭은 오래 익숙할수록 깨기 힘들어하는 것도 보였어. 나보다 연배가 높은 사람 보고 서로 반말하자 내가 먼저 덤빌 때, 욕먹을 각오도 했지. 그 결과는? 상상 이상으로 좋았지. 서로 평어 쓰는 친구가 나날이 늘고 있어.

우리 부부랑 30년 지기 10년 선배 목사님 부부가 있어. 만나면 호칭이 서로 어땠을까? 서로 '목사님' 서로 '사모님'이지. 이게 난 갈수록 재미없고 답답해 죽겠는 거야. 존댓말 안 쓰면 신성모독이라도 돼? 내가 미친년처럼 어느 날 쑥 들이대 버렸어. "우리 서로 이름 부르고 반말하면 안 돼? 사모님 말고 '화숙아!' 해봐. 이름 불리니 불편해? 내가 언니 오빠라 불러줄게." 물론 당황하더라. 그렇게 서로 반말 트고 지낸 게 벌써 몇 년이 됐어.

얼마 전엔 시어머니한테 내가 "엄마~" 하고 전화해봤어. 시어머니가 "누고?", "여보세요?" 거듭 묻더라. 엄마라 부르는 당신 딸들 목소리가 아니거든. 계속 내가 "엄마~ 누군지 모르겠어?" 킥킥 웃다 "어머니~" 했지. "아이고~ 우리 큰 며느리가?" 알아보기까지, 이후 몇 번 그런 전화를 반복했지. 90세 시어머니와 60세 며느리가 서로 반말하면 안 될까? 전화 다섯 번 만에 완벽하게 상호 반말하는 고부가 됐어. 작년엔 10살 위 시누이랑 반말 트기 시도했어.

사랑하는 엄마~~

87세 엄마랑 친구 하니 참 좋다. 이제 조금 엄마를 더 알 것 같아. 19세에 결혼한 엄마, 날 낳았을 때가 27세, 5남매 막내 낳았을 때가 30세였더라. 엄마의 청춘은 그야말로 먹이고 키우고 돌보느라 눈코 뜰 새 없었겠지. 할머니에 고모들에 삼촌에 일꾼들까지, 많을 땐 10명이 넘는 대식구를 책임졌잖아. 중년엔 5남매가 낳은 손자녀들 돌보느라 수고했지. 내가 한국에 돌아와서 셋째 낳았을 때 엄마 나이 63세였더라? 그게 엄마의 마지막이자 10번째 산바라지였고 말이야. 참 길고 긴 돌봄노동이었다, 그쟈?

엄마! 참 애썼고, 고마워. 살아내자니 엄마는 자기를 위한 시간이 없었겠지. 호랑이 엄마가 돼야 했을 거야. 진짜 무서운 엄마였는데, 난 이젠 하나도 안 무서워. 호랑이 딸이 이젠 더 무섭지? 환갑 호랑이니까 얼마나 더 무서워. 어흥~ 내가 간염 간암도 이기고 8년간 감기 한 번 안 걸린 호랑이잖아. 작년 말엔 코로나도 무증상 확진으로 도망간 거 봐.

엄마! 호랑이 딸 보기 좋지? 엄마가 나 어릴 때 귀에 딱지가 앉도록 했던 말 기억해? 나보고 맨날 아들로 났어야 한

다, 그랬잖아. "니는 그래도 아침에 태어나서 팔자 드세진 않을 거다. 호랑이는 밤에 설치지만 해 뜨면 얌전해지는 짐승이니라." 그놈의 드센 팔자타령, 호랑이띠 타령! 참 듣기 싫었더랬지. 팔자 따위 내가 만들며 사는 거야! 무슨 말인지 알지, 엄마?

보고 싶은 엄마!

나이 먹으면 사람 안 바뀐다는 말, 절반은 맞고 절반은 틀리더라. 우리 모녀 사이만 봐도 그렇잖아. 호랑이 엄마가 편한 친구로 바뀌었고 착한 딸은 호랑이 친구로 변했지. 엄마하고 우리 딸하고 모녀 삼대가 전복죽 쑤던 그 여행 생각나? 엄마! 그래서 더 많이 고마워. 엄만 '못되게' 변해가는 딸을 사랑으로 지켜봐주고 지지하고 있잖아. 잘했어, 엄마.

엄마! 그러니 우리 앞날은 또 얼마나 새로울지 기대되지 않아? 5월에 엄마한테 다녀왔으니 여름에나 또 가겠지. 우리 언제 모녀 삼대로 또 여행 갈 수 있을까? 엄마랑 같이 영화관에도 가고 카페도 가고 싶어. 기운 내서 몸을 잘 만들어봐, 엄마. 같이 많이 놀자. 응?

사랑하는 엄마! 호보당당(虎步堂堂) 알지? "호랑이 기백으로 당당하게 걸어라!"란 뜻이야. 우리 딸이 새해 선물로 준 《불멸의 호랑이》란 책에서 건진 말이야. 호랑이띠 환갑 선물이자 응원이지. 우리 모녀 삼대에게 참 어울리는 말 아냐? 100세 시대를 사는 노년의 엄마에게 내가 보내는 뜨거운 응원이기도 해. 엄마, 우리 당당하게 걷는 거야.

호보당당(虎步堂堂)! 엄마 사랑해~~~

엄마의 둘째 딸이

내 글이 곧
내 이름이 될 때까지

새 명함이 생겼다. 마지막 직장 이후 8년 만에 갖는 명함이다. 가로 9센티미터, 세로 5센티미터. 까만 글씨가 박힌 하얀 종이다. 내 이름과 연락처, 그리고 나를 소개하는 몇 단어가 명함의 내용이다. 뒤집으면 연한 회색 바탕 한가운데 내 이름의 영문 첫 글자 세 개, KHS만 보인다. 앞도 뒤도 내 이름이 전부인 셈이다.

명함이란 무엇일까? 한 사람을 명함 한 장으로 다 소개할 수 있을까? 나 이런 사람이야, 나 이 정도 능력자야, 나 이런 데 속해 있고 이런 자리에서 일해. 명함에 있는 이런 정보 중 진짜 그 사람 이야기는 얼마나 될까? 어차피 편집된 종잇조각. 더구나 평생 성실하게 일해왔고 지금도 일하지만 명함이 없는 사람들은 무엇으로 소개할까?

새 명함에는 색다른 맛이 있다. 없는 게 많은 명함이라서

다. 우선 내가 어디 속했다는 정보가 없다. 직장 로고도 간판도 없다. 업무 소개도 전화 팩스 등 긴 연락처도 없다. 내 이름 앞에 '장(長) 자'가 붙은 직책도 없다. 사회복지 현장에서 늘 붙어 다니던 후원 관련 정보도 없다. 내 이름과 몇 단어 외에 어떤 '후광'도 없는 하얀 종이다.

명함은 따끈따끈한 신간 《우리가 명함이 없지 일을 안 했냐》와 함께 왔다. 책은 경향신문사 젠더기획팀이 작년 10월부터 진행한 특별 취재의 결과물이다. 제목 그대로, 명함은 없지만 일 좀 해본 여성들의 이야기를 듣고 명함을 만들어 주는 기획이었다. 특별취재팀이 직접 만난 중노년 여성들의 일과 삶 이야기와 명함이 한 권의 책이 된 것이다.

이 책과 내 명함이 어떤 관계가 있냐고? 이 특별기획 펀딩에 우리 딸이 참여한 것이다. 취재원으로 참여한 여성들은

자기 이야기를 들려주고 명함 제작에 관여했다. 반면 펀딩에 참여한 사람 중엔 자기 엄마든 누군가를 위해 명함을 신청한 이가 있다. 딸이 자기 돈 들여 펀딩하고 명함 없는 엄마에게 산뜻한 명함을 책과 함께 선물한 것이다(이름하여, 우린 최강모녀).

《우리가 명함이 없지 일을 안 했냐》는 나도 하고 싶은 말이자 내가 해온 그림자 노동에 빛을 비추는 책이다. "명함만 없던 여자들의 진짜 '일' 이야기"라는 부제를 보라. 이 땅의 평범한 여성들 이야기다. "우리가 만난 여성들은 명함이 없다고 했다. 일을 쉰 적은 없다. 그들의 노동을 사회에서 '일'로 인정하지 않았을 뿐이다."(5쪽) 그랬다. 책은 큰 소리로 나 같은 여성들을 대변한다. "잘 봐, 언니들 인생이다."

첫 장에 소개된 손정애 씨(72)는 서울 남대문시장에서 칼국수 식당을 운영한다. 그는 "나쁜 일이 파도처럼 밀려왔지만 도망가지 않았다."라고 삶을 말한다. 명함은 그를 '훈이네 대표'라고 소개한다. 20년째 운영하는 국숫집 훈이네 말고 '제사공장 근무, 한식당 오너셰프, 여성복 디자이너, 훈패션 대표'도 그가 해온 일이다. 명함이 없지 일을 안 한 게 아니었다.

연령대와 상관없이 책 속 여성들의 삶과 일 이야기엔 내가 보였다. 이선옥 씨(55)는 결혼 이후 경제적으로 무능력한 남편을 대신해 독서실과 보습학원을 운영했다. 그가 명함 한 장 없이 '내조'라는 이름으로 일할 동안 남편은 독서실연합회, 학원연합회 등으로 명함이 두둑한 사람으로 살았다. 그러나 이혼과 함께 그가 일궈온 모든 게 한순간에 사라지고 그는 빈손이 되었다. 자기 이름으로 다시 출발하는 50대 여성에게 일자리는 제한적이었다. 그는 새롭게 교육을 받고 20여 개 자격증을 얻어 자기 일을 만들어야 했다.

명함은 그를 '교육전문가 이선옥'으로 소개한다. 그는 '학습코치, 맘시터, 독서실·학원 운영자, 독서치료사, 진로적

성상담사, 한국어지도사에 엄마'이기도 하다. 책은 저출생·고령화 사회에서 '필수 노동하는 고령 여성'들에게 명함을 만들어준다. 김은숙 씨(66) 명함에는 '베테랑 미화원'으로 시작해 노동조합 조합원, 페미니스트, 가사노동자, 육아전문가가 적혀 있다. 김춘자 씨(74)는 파농사 전문가, 가사노동자, 요양보호사, 육아전문가다.

나도 평생 놀아본 적 없이 일했다. 집 안팎에서 교회에서 선교 현장에서, 그리고 직장에서. 내가 월급 받고 명함을 가지고 한 일은 내 노동의 극히 일부였다. 세상이 내 노동을 정당하게 대우하지 않았다는 뜻이다. 나는 그림자 노동을 죽을 때까지 할 운명이었다. 그러나 어느 날 내 삶에 회오리바람이 불어오니, 나는 내 이름으로 말하고 글 쓰는 여자가 됐다.

명함은 이제 나를 '작가'로 소개한다. 내가 무슨 대단한 작가냐고? 이쯤에서 내가 좋아하는 한 문장을 인용하지 않을 수 없다. "작가라서 쓰는 게 아니라, 쓰니까 작가다." 글을 쓸 때면 내가 자주 생각하는 문장이다. 누가 알아주지 않아도, 잘 나가지 않아도, 나는 쓸 것이다. 내가 작가로 살겠다는데 누가 말리랴. 내 글이 곧 내 명함이 되는 날을 소망하며.

명함에 나를 소개하는 단어는 작가 말고도 8개나 더 있다. 여성활동가, 양육전문가, 사회복지사, 상담가, 시민기자, 세월호 시민활동가, 독서토론 진행자, 그리고 강연가. 어떤 단체 이사네, 어떤 위원이네, 그런 건 없다. 내 이름으로 하는 활동명을 늘어놓은 셈이다.

조금 단순하게 줄여 나를 소개하면 작가와 활동가가 되겠다. 나는 글만 쓰는 작가도 싫고 활동가로만 사는 것도 싫다. 글과 삶이 하나이며, 활동가와 작가가 동전의 양면처럼 연결된 삶을 살고 싶다. 외부 일정이 많을 땐 글쓰기에 목마르고, 글에 매이다 보면 사람들과 접촉하는 활동이 그리운 걸 어쩌랴. 그래서 새 명함이 마음에 든다.

명함 덕분에 새삼 나를 돌아볼 수 있었다. 암수술과 갱년기 이전과 비교할 수 없이 풍성하고 확장된 내 삶이 보인다. 어디로 튈지 모르지만, 여기까지 온 내가 사랑스럽고 대견스럽다. 누가 시켜서 한 건 하나도 없다. 남이 내 삶을 결정하게 할 수 없었다. 완벽하지 않아도, 내 마음의 소리를 따라오길 잘했다. 그래서 나는 내 삶이 점점 더 기대된다. 나와 연결된 사람들과 세상과 함께 만들어갈 새 길도 설레며 그려본다.

무명의 작가로서 좋은 출판사와 편집자를 만난 건 큰 복이다. 덕분에 나는 가장 나답게 쓸 수 있었다. 내 글을 읽어주고 나와 소통하는 사람들이 생각할수록 고맙다. 변화와 모험을 같이 하는 우리 가족들과 낯선 길을 동행하는 교회가 고맙다. 안산 여성단체들, 416안산시민연대, 그리고 함께 글 쓰고 토론하는 벗들에게 감사한다. 이프, 책살림, 별을 품은 사람들, 백합과 장미, 수글수글…. 거침없이 말하고 행동하도록 서로에게 용기를 북돋워 준 우리를 칭찬하고 싶다.

명함으로 시작해서 또 한 권의 책 이야기로 글을 마무리한다. 제목만 보고 산 책 《날카롭게 살겠다, 내 글이 곧 내 이름이 될 때까지》를 읽고 있다. 내 마음이 그대로 책 제목이 되다니! 내 속에 들어갔다 나온 작가 아냐? 미셸 딘을 직접 만나고 싶다. 맞다. 책 속의 여성들처럼, 나도 날카롭게 살겠다. 내 글이 곧 내 이름이 되고, 내 글이 곧 내 명함이 되는 그날을 바라본다.

"날카롭게 살겠다, 내 글이 곧 내 이름이 될 때까지."

자연치유와 새 길 만들기 참고 서적

M. 스캇 펙,《아직도 가야 할 길》, 율리시즈, 2011.

가미노가와 슈이치, 《장이 편해야 인생이 편하다》, 김영사, 2011.

강남순, 《안녕, 내 이름은 페미니즘이야》, 동녘주니어, 2018.

______, 《젠더와 종교》, 동녘, 2018.

경향신문 젠더기획팀, 《우리가 명함이 없지 일을 안 했냐》, 휴머니스트, 2022.

기준성, 《동의부항 건강법》, 중앙생활사, 2007.

기준성, 아보 도오루, 후나세 슌스케, 《암 혁명》, 중앙생활사, 2012.

김응태, 《간질환 고치는 기적의 식이요법》, 건강신문사, 2009.

김잔디, 《나는 피해호소인이 아닙니다》, 천년의 상상, 2022.

김한민, 《아무튼, 비건》, 위고, 2018.

도미니크 로로, 《소식의 즐거움》, 바다출판사, 2013.

레너드 스위들러, 《예수는 페미니스트였다》, 신앙과지성사, 2017.

록산 게이, 《나쁜 페미니스트》, 사이행성, 2016.

리사 랭킨, 《치유 혁명》, 시공사, 2014.

마리아 미즈, 《가부장제와 자본주의》, 갈무리, 2014.

미리엄 엥겔버그, 《암이란다. 이런 젠장…》, 고려원북스, 2012.

미셸 딘, 《날카롭게 살겠다, 내 글이 곧 내 이름이 될 때까지》, 마티, 2020.

백소영, 《페미니즘과 기독교의 맥락들》, 뉴스앤조이, 2018.

버나드 젠센, 《더러운 장이 병을 만든다》, 국일미디어, 2014.

벨 훅스, 《남자다움이 만드는 이상한 거리감》, 책담, 2017.

______, 《올 어바웃 러브》, 책읽는수요일, 2012.

셰릴 스트레이드, 《와일드》, 나무의철학, 2012.
송학운, 《나는 살기 위해 자연식한다》, 동녘라이프, 2009.
시몬느 드 보부아르, 《위기의 여자》, 문예출판사, 1998.
신갈렙, 《암, 투병하면 죽고 치병하면 산다》, 전나무숲, 2000.
신야 히로미, 《생활 속 독소 배출법》, 전나무숲, 2010.
안드레아스 모리츠, 《암은 병이 아니다》, 에디터, 2021.
안정혜, 《비혼주의자 마리아》, IVP, 2019.
야사카 유코, 《아름다운 분노》, 지식의날개, 2010.
에멀린 팽크허스트, 《싸우는 여자가 이긴다》, 현실문화, 2016.
오제홍, 《한국교회에 말한다》, 생각비행, 2018.
이브 엔슬러, 《절망의 끝에서 세상에 안기다》, 자음과모음, 2014.
이상구, 《불치병은 없다》, 너와나미디어, 1998.
이상춘, 《다시 태어나는 중년》, 한문화, 2015.
이시하라 유미, 《아침 단식 암도 완치한다》, 부광, 2014.
____________, 《여자는 생강이 전부다》, 황금부엉이, 2014.
이유주, 《누구나 흔들리며 페미니스트가 된다》, 생각비행, 2019.
임동규, 《내 몸이 최고의 의사다》, 에디터, 2011.
장두석, 《사람을 살리는 단식》, 정신세계사, 1993.
정희진, 《아주 친밀한 폭력》, 교양인, 2016.
______, 《페미니즘의 도전》, 교양인, 2005.
제인 플랜트, 《여자가 우유를 끊어야 하는 이유》, 윤출판, 2015.
조남주, 《82년생 김지영》, 민음사, 2016.
존 스튜어트 밀, 《여성의 종속》, 책세상, 2018.
최승범, 《저는 남자고, 페미니스트입니다》, 생각의힘, 2018.
최진규, 《약이 되는 우리 풀 · 꽃 · 나무 1, 2》, 한문화, 2014.
______, 《우리 명의와 의료직설》, 썰물과밀물, 2014.
최태섭, 《한국, 남자》, 은행나무, 2018.
캐럴 길리건, 《침묵에서 말하기로》, 심심, 2020.

코다 미츠오, 《간장병 나는 이렇게 고친다》, 형설라이프, 2008.
크리스티안 노스럽, 《폐경기 여성의 몸 여성의 지혜》, 한문화, 2011.
폴 C. 브래그, 《단식: 건강하게 오래 사는 법》, 건강신문사, 2013.
표병관, 《테라피스트》, 몸과문화, 2011.
해리엇 골드허 러너, 《무엇이 여성을 분노하게 하는가》, 이화여자대학교출판부, 2011.
홍헌표, 《암과의 동행 5년》, 에디터, 2014.